論創ノベルス

如月十兵衛
娘鍼医の用心棒

Ronso Novels 006

扉 修一郎

論創社

目次◎如月十兵衛　娘鍼医の用心棒

第一章　奇妙な三人連れ

一

昨夜来の大風が止んで、あたり一面が陽に照らされている。鳥の声が喧《かまびす》しい。

頭上の格子の嵌《はま》った窓から数条の光が射して、古びた板敷を白く浮き上がらせた。

窓は背の高さの倍ほどのところに設《しつら》えてあるが、窓の下に茶箱などが重ねてあってそれによじ登れば外が見える。その特設の階段を上ってみると、日によっては富士の霊峰が、ひとつばたごの樹の向こうに小さく見えることもある。

あまりに天気が良いので、つい外を眺めたくなる。

股引《ももひき》に尻端折《しりはしょ》りをして、手ぬぐいで頬かぶりをしたおとこが、土に鍬をいれて掘り起こした畑の周りに、唐橘《からたちばな》の木を植えていた。畑の北側はすでに皀莢《さいかち》の木が植えられていて風よけにもなっている。

数日前に、

「鹿やイノシシがよう出る」

という声を聞いた。

唐橘にも皀莢にもその枝には鋭く堅い棘がある。

畑が目の下に見える土蔵は、古いもので有徳院様（第八代将軍徳川吉宗）の時代に建てられたというから六十有余年がたつ。蔵の周りには、犬走りが設けてあり、雨の日はここで縄を綯《な》ったりすることもできる。土蔵入り口の蔵戸前は、漆喰塗りで観音開きになっている。その奥は格子付きの堅い木製の引き戸になっており、夜盗などが簡単に押し入れるものではなかった。

土蔵にいると、朝から晩まで様々な物音が、窓から入り込み、またその窓からは雨の匂い、風の嘆き、季節の花々の囁きなども運ばれてくる。

寒さ暑さも同じく押し寄せてきて、ことに寒さは一段と身にしみた。外に出られないのでますます聴覚や嗅覚は鋭くなっていく。一方、感情は撫でつけられた狛犬の頭のようにつるっとしていくばかりだった。

土蔵の入り口の脇に吊り下げられている鈴が、

「しゃしゃーん」

と鳴った。

箱膳がくぐれるだけの四角い穴が穿《うが》たれていて、そこから一汁一菜が差し入れられた。

二

如月《きさらぎ》十兵衛が行徳河岸の船宿小張屋を出て、南茅場町の弁柄屋に行くと、すぐに千代《ちよ》に声をかけられて桃春《とうしゅん》の部屋に連れていかれた。

部屋に入ると、見知らぬ男が背を向けて桃春に対座していた。

十兵衛が来たことを知った桃春は、

「十兵衛さま」

と声を放った。

それで男は座布団から膝をすべらせて、体を割って姿勢を低くしたまま、十兵衛に向かってさらに頭を低くさげた。

「十兵衛さま、伊丹総家六代目の銀次郎さんです」

銀次郎はわずかに顔をあげて、切れ長の目で十兵衛を見て、また頭をさげた。

「如月十兵衛です。六代目のことは桃春どのに伺っています」

大島紬に小倉帯を締めた銀次郎は、肩幅も広く色白の顔に涼しい目をしていた。繊細な職人の様子を見せながらも、世情に明るいような風にも見えた。

歳の頃は二十五、六歳に見える。

「銀次郎です。桃春さまにはご贔屓にあずかっています」

桃春が鍼治療に使う鍼や艾《もぐさ》や鍼管《しんかん》など、すべて銀次郎の店で購っている。桃春の場合、特殊な鍼を用いたりするので、ことにその工《たくみ》の技の評判が高い銀次郎に相談しながら発注している。それで桃春の得る治療代は、大袈裟に言ってしまうとすべて銀次郎への支払いでなくなってしまう。

十兵衛への用心棒代は父親の弁柄屋茂左衛門が負担している。

今日は絹糸よりも細い鍼を注文しているようだ。このごろは十歳にも満たない子を診ることもおおく、桃春は極力痛くない鍼を銀次郎に求めていた。

銀次郎の伊丹総家は弁柄屋から亀島町河岸通りを南へ十町ほど行った金六町にあった。その一帯は建具、箪笥などをつくる職人の店が多く集まっていた。

銀次郎は父親と何人かの職人を使って店をやっていた。店は表店《だな》で土地も含めて自前のものである。住まいと店はいっしょになっていた。

鍼の発注には小僧がやってきて注文をきいていくことが多く、時には桃春が千代といっしょに金六町に出向くこともあったが、こうして銀次郎が弁柄屋に顔を見せるのは珍しかった。それで十兵衛は銀次郎とは初対面であった。

桃春は鍼治療の現状を銀次郎に訴えて、道具の工夫を銀次郎に求めた。ややもすると無茶と思われかねない桃春の要望にも、銀次郎は膝もくずさず熱心に耳をかたむけて聞いていた。

兄妹がひとつの難題に一所懸命とりくんでいるように見えて、十兵衛はほほえましく思った。

挨拶をすませて十兵衛がいつもの待機部屋にもどると、追いかけるように千代がやってきた。

部屋は田舎間の四畳半ほどの広さで窓はない。天気の良い日はそこそこ明るいが雨の日などは朝から晩のような薄暗い部屋である。弁柄屋茂左衛門からはもっと広い部屋を使うように再三言われていたが、用心棒稼業としては台所に近いこの部屋を十兵衛は気に入っている。

「十兵衛さま」

十兵衛さま、と言うときの声は桃春と千代とはずいぶん違いがある。桃春のそれは気恥ずかしそうにそっと呼びかけるように聞こえる。千代は急峻を滑り降りるような勢いで呼びかけ、その後にはかならず齟齬のない用件が続くのが常であった。いまもそうである。

「十兵衛さま、今日は越前屋又右衛門さまのお店までまいります」

「越前屋というと」

「室町三丁目の質屋さんです」

「そのあたりは大店ばかりだが」

「はい。越前屋さんも古いお店です」

「今日も天気はよいようだ。元気に徒歩鍼行《かちばり》とまいろう」

「よろしくお願いします」

「ところで……」

「なんでしょう」

「あの六代目はなかなかの男前じゃないか。役者にでもしたいような」

「はい。仕事の腕も評判のようですよ。お嬢さまの無理難題をこなすくらいですから並の腕ではありません」

「おかみさんはいないのかい」

「みたいですね」

「そうか」

「それより十兵衛さま、六代目がなぜお見えになったかご存知ですか」

「いや、なにも聞かなかったが」

「じゃ、言ってはいけないかしら」

「それならあえて聞かないさ」

「お怒りになって」

「いや」

千代はしゃきしゃきっとした娘で、兄である北町の定《じょう》廻り同心の横地作之進にも母親が息子に話すような口のききかたをする。弁柄屋には、桃春のお供と身の回りの世話で毎日通っている。

「六代目がこちらに見えるのは珍しいでしょう」

「わたしも初めて会って挨拶したところだ」

「いつもの鍼道具の相談だけじゃないみたいなんです」

「……」

「六代目には弟さんがいてその弟さんのことで見えたようです」

「なにか問題が」

「詳しいことはわからないのですが」

「六代目は桃春どのに相談にみえたのか」

「そういうわけではないと思いますけど」

「そうだろうな。桃春どのは鋮についてはきん出た才幹があるが世の中のこととなったらな」

「まあ、そんな風におっしゃってはお嬢さまがお気の毒です」

「いやいや、そういうわけではないんだ失言いたした」

「ふふっ、お嬢さまにいいつけます」

「いや、おめこぼしくだされ。これこの通り」

十兵衛は真剣に畳にむかって叩頭した。

千代の話によると、銀次郎の弟は義理の母親の連れ子で名を悌七といったが、やはり伊丹総家で鋮磨《す》りの職人をやっていた。いずれは分家して独立するだろうという考えが、当人にも親にも銀次郎にもあった。それで上方にも修行にいっていたし、金六町の店でも銀次郎はじめ他の職人ともいっしょに働いていた。

ところがこのところその悌七がいつもと違う。悌七は寡黙で真面目に仕事に取り組んでいるが、ちょっと前までは銀次郎も父親も心配するほど悪い仲間と遊び歩いていたことがあった。

　それで間違いをおこさないといいがと銀次郎たちが心配してみていると、越前屋に関係するなにかだとおぼろげにわかってきたが、当の悌七がなにも言わないし、当人はその後は注意深く行動しているせいか、銀次郎たちにはその先はわからなくなって、気をもむばかりのようだった。

「なるほど。その越前屋というのが今日訪ねる室町の越前屋なのだな」

「はい」

「六代目はどこからか桃春どのが越前屋に鍼治療にいくことをききつけて、悌七との関わりのひとつでも探りたいと相談にきたというわけか」

「わたしはそう考えましたけれど、十兵衛さまはいかがですか」

「ふむ。その悌七という弟御がどんな人間かいまひとつつかめないのでなんとも言えないが、越前屋にいけばなにかわかるかもしれないな。となるとのんびりと徒歩鍼行といかぬか」


　桃春の膝前に広げられた袱紗のうえに様々な鍼が並んでいた。酒精を含ませた綿で鍼をぬぐって、終わると金属でできた鍼箱におさめていく。細い毛のようにながい毫《ごう》鍼は鍼体は一寸、鍼柄は七分ほどで治療にいちばん使われる。三稜鍼《さんりょうしん》は急病などの患者に対し、皮膚の表面の細い血管に刺し、瀉血するときに必要になってくる。先端が鋭く名前の通り三面の稜《かど》がある。

　唐渡の鍼は日本の鍼よりも鍼体も長く、太いのでツボをよく刺激しやすく、日本の鍼より効き目があるが、太いぶん刺すときに痛みがある。子供の患者をもっている桃春は痛くない鍼治療をいつも考えている。

銀次郎が弁柄屋を退出してから、十兵衛たちは室町三丁目の越前屋に向かった。

昨夜は風が強く雨も少し降ったが、今日は町の隅々まで陽が溢れている。

室町は弁柄屋からは日本橋を渡るとすぐである。昨夜の悪天候にもかかわらず日本橋の魚河岸は活気にあふれて棒手振りや荷車が人をかきわけて走りぬけていく。三人はそんな町の賑わいを目にし、耳にして歩いていく。

鍼治療は、往診（訪問治療）が主で、鍼医が患家に足を運ぶことになる。桃春は治療の部屋を自宅に持っていたが、往診に出かけることが多かった。しかし、黒の着流しに二刀を帯びた用心棒と、供の若い娘を従えての杖をついた盲目の桃春との三人連れは、いかに鍼医が外科医並みに尊ばれているとはいえ、珍奇な興味の対象に見えた。今も、室町一丁目の下り蝋燭問屋の前にさしかかったところで、小間物屋との路地から突然、子供たちが飛び出してきて、千代を先頭とした三人を取り囲んで、ぐるぐると回り始めた。

「かちばり、かちばりぃ」と口々に叫び、手には皆、風車を持っている。飽きもせず恒例のはしゃぎぶりだ。千代と桃春は、馴れたもので、微笑みさえ浮かべているが、ひとり十兵衛だけは、身を隠したい思いで、徒歩鍼行は剣の修行のひとつだと、胸の内で嘯《うそぶ》いていた。

魚河岸に近いせいで鰹節や塩干肴を商う店が多い。あたり一帯には魚のにおいがみちていて猫や犬まで人波にまぎれて餌をあさっていた。

三丁目の越前屋は筆墨硯問屋のとなりに看板をあげていた。軒先に将棋の駒がさがっていた。かつては質屋の店先には将棋の駒を看板にしているところが多かったが近頃はそれもはやらなくなり、越前屋もかつての名残として目立たぬほどに軒下につるしているところがなんとも老舗の風情をとどめている。

しゃれ好きの江戸の人間が将棋の駒は「金になる」としゃれて質屋の看板にしたようだ。

質屋は町奉行所がだす「品触《しなぶれ》」（盗難品の書付）によって扱っている質物の調査、提出を義務付けられ、犯人逮捕に寄与すべく質物の出所の明確化、置主、証人の人別改（戸籍調べ）などの厳守を言い渡されていた。

そのため府内に三千軒近くある質屋は質屋仲間を糾合され、古道具屋、古着屋とともに大組が組織化された。

世話役は当番名主や交代の月行事《がちぎょうじ》が負うことになっていた。月行事は質屋が十軒ほど集まった組から二名ほどが選ばれて集金、事務方、連絡、調査などにあたったが、そうした組のいくつかをまとめる役が大行事であった。人望もさることながら政治向きにも力がある人物がその役についていた。

越前屋又右衛門はその大行事を何年も任せられていた。この役は責任も重く、時には商売そっちのけで働かなければならないので、めったに引き受け手がいないのが実状であった。

そのせいか近頃、越前屋又右衛門は体が急にかぁーっと熱くなって、めまいがしたり、冷や汗が出たりを繰り返すようになった。本道医に診てもらうと歳のせいです、働きすぎですからもっと安気に過ごさなければいけませんといって薬を置いていくが、隠居でもあるまいにそんなにのんびりと花鳥風月にひたるわけにもいくまい。歳だってまだ五十歳をでたばかりだ、と越前屋又右衛門は胸のうちで毒づくのが関の山で、健康ばかりは金で買えないのを身をもって知るこの頃であった。

それで越前屋又右衛門は昔から顔馴染みの弁柄屋茂左衛門の娘御の桃春の鍼の評判をきいて、無理を承知で茂左衛門に頭をさげて桃春の鍼治療をうけることになったのだ。

越前屋又右衛門は小太りで、顔も手足もぷっくりしていて厚みのある丸顔に、大きなぎょろりとした目と分厚い唇が印象的だった。

気性は親分肌で面倒見は良いという評判で、先代以来の身上を守って内証は悪くはないようだ。ただ最近は気が短くなり、いらいらが募り妻のおしげにあたることもままあった。

今も、

「桃春様はまだお見えにならないのかい」

とおしげに言ったところだ。同じことをもう三回も妻に言っているのだ。さすがにおしげも、

「いい加減に落ち着きなさいな。子供みたいに何度も同じことを言って笑われますよ」

と越前屋又右衛門を窘《たしな》めたところに店の者から、

「弁柄屋さんから鍼の先生がいらっしゃいました」

と部屋の外廊下から声がかかった。

越前屋又右衛門は急にそわそわと居住まいをただして、目の前の湯呑みに手をのばした。

店の者に案内されて、千代を先頭に桃春、十兵衛が越前屋又右衛門とおしげが待つ部屋に入ってすすめられるままに座をしめた。

「これは桃春様、お初におめにかかります。手前、越前屋又右衛門にございます。これは奥のしげにございます」

越前屋又右衛門の挨拶をうけて桃春が、

「弁柄屋茂左衛門の娘さきでございます」

とそのつややかな顔を、越前屋又右衛門夫妻に向けて挨拶した。桃春は徒歩鍼行する前までは白鳳仏のようにふくよかな頬とやさしいすーっとした目をしていたが、いまは頬のやわらかい線は影をひそめ、顔全体から少女のような幼さが消えつつあった。やさしい目の形だけは変わらずに白鳳仏のようだ。

「わたしは千代と申します」

「如月十兵衛です」

「これはこれは拙宅までお運びいただき恐悦にございます。ご両人様のことは弁柄屋茂左衛門様からようく伺っています。桃春様の鍼のすばらしさもお二方のご献身の賜物と聞かされております」

「ほんとうに。この界隈でも桃春様の鍼を一度はうけたいというお店の方が大勢いらっしゃいます。また、そうした方はお武家屋敷にも出入りしてましして、お殿様やらご家中のご重職の方からも、紹介するよう強要されて困っているというお話も伺っています」

おしげもそんなことを言って桃春を褒めるが、実のところ日頃から桃春の悩みはそのあたりにあるのであった。勝手に評判だけが一人歩きをして、桃春の実像を過大なものにしてしまい、桃春の若い胸中を波立たせるのだった。それでも生真面目な桃春はひとつひとつできることを一所懸命に、と念じながら今日まできたのだった。

時には薬師さまにお祈り、おすがりしながらだった。

用意された奥の部屋で桃春の施術が始まった。

おしげも手伝いたいのかそちらに行ってしまい、部屋には十兵衛だけが残された。

質屋というのは意外に静かなものだなと十兵衛は思う。

店の者が大声をあげるわけでもなく、客を呼び込むわけでもないので、活気というものがいっさい感じられない。妙な商売があるものだなと感心する。

結局は質物に見合う金を貸付け、利息をとって成り立つ世界で、肝心なのはその利息だが元禄の末頃に金高に応じて五割から二割ほどの利息を取ってよろしいという規則ができた。

質物は寛文（一六六一〜一六七三）以前は三年たたなければ流れなかったが、寛文以降は一年、元文（一七三六〜一七四一）になってからは八か月で流すようになった。これは江戸に限りで江戸を離れると必ずしもその規定にしばられず、一年以上も質物は流れなかったりした。しかし、その間利息は払わないわけにはいかなかった。

（越前屋の家族はどうなっているのか。店で働いている者はけっこういるようだが。銀次郎の弟が越前屋となにか関わりがあるとはまったく見えてこない。まさか金を借りているわけではないだろう。それなら桃春に相談することでもないだろうし）

十兵衛はそんなことを考えたら急におかしさがこみあげてきた。桃春からはまだ何もくわしいことを聞いていないのに、あれこれ思うのは尚早である。銀次郎が桃春に何を話したかは当人に聞いてみないとわからないことだ。

十兵衛は大きく伸びをして立ち上がって廊下にでた。

江戸で武家地の真ん中がお城なら、さしずめこの辺《あた》りは江戸の町地の真ん中であるのに、表の喧騒はほとんどなく、小さな池畔のまわりには苔むした石などがひっそりと陽を浴びていた。あまり目にしない枝垂れ桂のむこうに、真っ白な漆喰もまぶしい蔵が二棟ならんでいた。

店の者が腕になにか抱えて蔵から出てきた。質物の着物のように見える。置主が請け出しにきたのだろうか。

店の者が母屋のほうに消えてから、蔵の脇から庭師のかっこうをした腰の曲がった老人が手に引き抜いたような草を持っていた。腰にさげた竹籠には口元まで草々があふれていた。

「ご精がでますね」

十兵衛が声をかけると、老人は驚きもせずに、

「天気じゃけんな。お茶ばかり飲んでるわけにはいかぬ」

と曲げた腰をのばした。

「滝野川にいけば一日畑仕事じゃ」

「滝野川と申すと」

「わしの手遊《てすさ》び所よ。今度遊びにきたらええ」

「その節は」

「今日は何用じゃ」

そう言われて十兵衛は答に窮した。この老人に盲人の鍼医の用心棒についてまいりましたと言ってわかってもらえるものだろうか、そうかといってこの老人に適当なことをいうのははばかられた。

「越前屋又右衛門どののところへまいったのですが」

「お家も勝手向きが楽ではないのか」

「あっ、いいや、これは失礼した。それがしの言辞不明瞭お詫びいたします」

十兵衛はあわてて訪ねてきた経緯を老人に話した。それで納得したのか老人は大きく口を開けて笑った。そして、

「莫迦め」

と言った。

「はっ」

「ちょっとくらい具合が悪いからと医者だ鍼だと騒ぎすぎじゃ。わしなどこの歳まで一度も医者にかかっておらぬ」

不覚ながらこの辺まできて十兵衛はこの老人が越前屋又右衛門の父親ではないかと見当がついた。

「ご隠居なさったのですか」

「隠居はしたがそうそう暇ではないのう」

老人はにやりと白い歯をみせた。入れ歯ではないようだ。

「そうじゃ帰ったら弁柄屋茂左衛門どのによろしく言ってくだされ。できたら滝野川にも遊びにこられたらいい」

老人はそう言ってまた蔵の向こうに行ってしまった。

滝野川は中山道は日本橋から二里、第一の宿場町板橋宿の北にあり桜の飛鳥山、紅葉の滝野川として有名であった。ことに八代将軍吉宗は熊野権現ゆかりの王子権現を大事にしてこの地を開発した。古くは「武蔵国豊島の上瀧の川と云処陣取」と「源平盛衰記」にあるように治承四年（一一八〇）、源頼朝は隅田川を渡り、この辺りに陣を張り、やがて鎌倉幕府をうちたてたのである。今では江戸市民の野菜の一大供給地だった。ことににんじんや大根は江戸っ子の舌をうならせた。

白昼夢を見ているかのように、蔵のほうをぼぉとみて立っている十兵衛に、千代の声が聞こえてきた。

「十兵衛さま、お待たせいたしました」

どうやら施術が終わったようだ。

おしげは若い女子に茶菓を運ばせて桃春たちの労をねぎらった。おしげは話好きとみえて座持ちがよかった。声に艶があって年齢よりずいぶん若くきこえる。着物の趣味もよく、整った顔立ちをしていた。そうしているうち、越前屋又右衛門が身繕いして茶の間にはいってきた。

「もう少しお休みになられたらよろしいんですのに」

と千代が言うと、

「すっかり夢心地になってしまいました。お礼を申しあげようと起きかけたのですが眠りの底へひきこまれていくようでしてな、やっと這い出してきました」

越前屋又右衛門は頭をかきかき煙草盆をひきよせた。

「お疲れが滓《おり》のようにたまっていらっしゃるのですね」

千代がこたえる。

「やはり歳ですかな」

「いいえ、まだまだお若いからだです。すこしお酒をひかえられたらよろしいかと思います」

桃春がそういうと、

「寄り合いをすこし減らしたらよろしいんですよ」

おしげは得たりと言葉をはさむ。

「そんなわけにはいくまい。お上や名主からは、しょっちゅうなにやかやと言ってくる。そのたびに月行事は、寄り集まって対策をこうじなきゃならないが、なあにわたしが顔を出さなきゃなんの結論もでないんだ」

「それがいけないんですよ。あなたがその都度顔をださなくても金箔屋さんも猿島屋さんもおできになる人たちなんですから」

「いや、お前それはとんだ思い違いだよ。あの人たちに身銭をきって、ことをまとめるなんてことができると思いかい。お前さんに嫌味のひとつも言われながらも、わたしが自分の仕事をあとにしてまで組のために働いているから、御番所からはずいぶんなお褒めにあずかっているのだ」

「それでからだをこわしては元も子もありませんよ」

越前屋又右衛門と妻のおしげは、果てもなく夫婦の応酬をつづけていた。

「さきほどそこの庭にご老人がおられたが」

頃合いをみて十兵衛が話柄を変えた。

「ご隠居さんでしたかな」

「あら、父です」

「お父上」

「庭の手入れをしているんです。植木屋さんがきまって来ますから、何もしなくていいと言っているのですが、天気がよいとじっとしていられず、滝野川からやってくるのです。早起きなものですから」

「そう、滝野川とおっしゃっていましたね。別墅《べっしょ》ですか」

十兵衛は何気なくそう聞いたのだが、おしげの口元に一瞬淀みが生じた。越前屋又右衛門は興味なさそうに煙草をすっている。

「いち日中畑しごとらしいですね」

「年寄りだからすることがないんですものね」

「お内儀の父御ですか」

「はい」

越前屋又右衛門は、はじめて顔に表情をみせて気ぜわしく吐月峰《とげっぽう》（吸殻入れ）に煙管《きせる》をうちつけた。

それを知りながら十兵衛は、

「ご子息もこの仕事を」

「はい。上が帳付けなどやってますし、下は上方に出ています。娘はさるお武家のほうへ嫁いでいます」

「それはご安心ですね」

「お陰さまです」

おしげは屈託なさそうにいったが、越前屋又右衛門の落ち着かない素振りはあらたまらなかった。

「それでは今日はこれで失礼いたします。次の施術はご都合をお知らせください」

千代がそういって越前屋を辞することになった。


京橋から南傳馬町、日本橋通南町を抜けて日本橋を渡り、室町から神田鍛治町、須田町を通って筋違御門まで江戸の町の中心を南北に切り結ぶ往還はその幅十間（約十八メートル）ほどもあり、本町一丁目から大傳馬町、通旅籠町、横山町を抜けて浅草御門にいたる往還もその幅は十間あり、この道は江戸の町の東西をつなぐ大通りであった。

大店、老舗はその多くがこの道沿いに商売を展開しており、江戸の街づくりの根幹をなす大動脈だった。

浮世小路はその大通りを東に入ったところにあった。蜀山人によれば、江戸に小路は多いけれど浮世小路にかぎってショウジというのだそうだ。加賀出身の人が多く居住していてそういうらしい。

「腹がすいたな。蕎麦もいいが、どうだろう浮世小路に有名な団子屋があるのだ。行ってみないか」

もちろん二人に異論はない。

店は頃合いもよいのか客であふれているでもなく、さりとてまばらということもなく気持ちのいい雰囲気だった。

小女が茶を持ってきた。それぞれが五串ほども注文する。

「いい団子屋はまず茶がうまい。どれ」

十兵衛は感に堪えぬように茶を喫する。

「わたしも」

千代も白い手で茶碗を手に取る。

「うまいな」

「おいしいです。お嬢さまもどうぞ」

「おいしいわね。のどもかわいていたのね」

「お茶は下りもの？　水は玉川の水かしら」

「王子のほうの湧き水だともっとうまいのだろうか」

「それだとお団子より高くつきますよ」

十兵衛は陸奥国《むつのくに》・八溝《やみぞ》（十兵衛が出奔した故郷）の水のうまさを思う。江戸と違って井戸水だから夏でも冷たい。このあたりは日比谷入江で埋め立て地だから飲み水は上水道だ。水道の産湯をつかい、のそれである。

みたらしに醤油に草だんごが白い皿にのってでてきた。

千代はさっと手をのばし串を二本取る。

「はい、お醤油」

桃春にそういって串を渡す。桃春はにっこりして、

「ありがとう」

と言ってすこし焦げめのついたふっくらした団子をほおばった。

「やわらかくておいしいわね。このお醤油も下りもの？」

「お店の人に聞いてみないとわからないわね。でもこのごろでは下総や銚子のほうでもいいお醤油ができるようですよ」

「そうね。いつまでも下りものを有難がってもね。船賃だけでも大変でしょう」

そんなことを言いながら、あっという間にそれぞれが五本の団子を腹におさめてしまった。

「うまかったな。越前屋にきたら帰りはここによることにしよう。それにしても越前屋は機嫌が悪そうじゃなかったか。腹に何かあるような」

「鍼はからだにあっているようにみえましたけれど」

桃春は不安そうに言い、千代の手を握る。

「そうですよ。気持ちよさそうでしたもの。十兵衛さまがあれこれ穿鑿《せんさく》なさるとお嬢さまがお困りになります」

千代が援軍にまわる。

「そう思ったが六代目のことが頭にあったからな」

「六代目がどうかしましたか」

「えっ、その、ちょっと……」

千代がどぎまぎして狼狽する。

「今日、六代目は何か話があって茅場町に見えたのではなかったか」

十兵衛は桃春に問いかけた。

「六代目がみずから足を運んでくるのも珍しいからそう思ったのだが」

桃春はしばらく黙っていた。

店の小女が新しいお茶を持ってきた。

「六代目は弟さんのことを心配なさって」

十兵衛が千代に聞いたとおりだ。口の重そうな桃春に話の勢いをつけさせるため、

「ほお、六代目に弟が」

と接ぎ穂を用意する。

「ええ」

「名はなんと」

「悌七さんです」

「その悌七になにか悪いことでも」

「悪いことが起きなければいいんだが、と六代目は心配しているんです。それというのも上方に行く前の悌七さんはいつも岡っ引につけまわされてるような人みたいでした」

「まさか盗みとかではないな」

「喧嘩や博打のようです」

「ふむ。それで上方に修行という名目で体《てい》よく江戸を追い払われたということか」

「職人としての腕はいいようですから本当に六代目は修行にだしたようです。それで悪い仲間と縁がきれれば願ってもないことだと考えたようです」

「それで悌七は上方からもどっていまは真面目に働いているのだろう。上方には何年いたのか」

「四年ほどかしら。もどってからは仕事にうちこんでいたのですが、ここのところ様子がおかしいと六代目はおっしゃるのです」

「どうおかしいと」

『夜になるとそっと家を抜け出すそうです。それを咎められると家を出たい、通いで仕事をしたいというのだそうです」

「ふ～ん。昔の仲間との関係が復活したのだろうか」

「ときどきお店の近くで知らない人をみかけることがあるそうです」

「それじゃおちついて仕事にうちこめないな。六代目の家族はどうなっているのだろう」

「あらためて聞いたことはありませんけれど、両親とその悌七さんと嫁いでいらしゃるお姉さんだけと思います」

「その悌七は実の弟なのか」

十兵衛は知らぬふりをして聞いた。桃春は訝《いぶか》しげに眉をひそめたがけれんなく、

「いえ、いまのお内儀さんの連れ子で、六代目とお姉さんは亡くなった先妻のお子さんです」

「なるほど、そういうことか。それで六代目の心配はわかったが、桃春どのに相談にみえたのはどういうわけだろう。聞いてもかまわないか」

「ええ。六代目がおっしゃるには、ある日仕事場をふと離れた弟さんを、厠に行くふりをしてつけると店のかげに遊び人風の若い男がいて、何事か話していたようです。気づかれないように近づいて聞いていると室町の越前屋という声が耳に入ったようなのです。話の前後がうまく聞き取れなかったのでどういう内容かはわからなかったので、その後は注意して弟さんの様子を見守っていたが、気配を気取られたか用心深くなって行動も慎重になってきたようなのです。それで思いあまって、いつでしたか今度越前屋さんの施術にいくことを、六代目に話したことがあったので、なにか越前屋のことですこしでもわかったことがあれば教えて欲しいと依頼されたのです。十兵衛さまにいろいろ聞いていただいたので助かりました。わたし一人で悩むところでした」

「そうか。悌七、あるいはその仲間に越前屋との間になにかあるのかもしれないな。よく注意しておこう」

「越前屋さんというより、越前屋さんたちのご商売となにかあるのかもしれませんよ。それを代表するのがたまたま大行事の越前屋さんということで矢面《やおもて》にたっているのかもしれませんし」

黙って十兵衛と桃春のやりとりを聞いていた千代がいった。

「そういうこともあるかもしれない。ま、どこの家にも気がかりなことのひとつやふたつはかならずあるものだろうて。人は悩みの種を持って生まれ出て、長じてはそれが成長し、うまく刈り取ることができた者だけが、なんとか恰好をつけて棺におさまるのだろうな」

「十兵衛さまはいかがですか」

いたずらっ子のような目をして千代が聞く。

「気になるのか」

「ちょっと」

「うん。すくなくともお千代どのよりうまい運びになるとは思えないな」

「そんなに大変な葛籠《つづら》をお持ちなのですか。そんなものは捨てたらよろしいんです。そしたら十兵衛さまは江戸いちばんの用心棒になれます」

「お千代どののお墨つきならそうしてもいいかもしれないな」

「そうなさいませ。八溝《やみぞ》のことはすっかり忘れていつまでもお嬢さまとわたしのそばにいてください」

「それは無理だろう。おふたりは華燭の典をあげて子をなさないとな」

「お言葉ですが、十兵衛さまが案じることではありません」

千代がそういうと、桃春は口に手をあてて笑った。十兵衛に分の悪いほうへ話はそれていった。

店に客がたてこんできて、三人は腰をあげることにした。近くの瀬戸物町の稲荷にも人が大勢集まっていた。

三

南茅場町からもどった銀次郎は、やりかけの仕事を後にして、さっそく桃春から注文された子供のからだに負担のすくない痛くない鍼をどうしようか、いつもの仕事場に腰をすえて取り組みはじめた。

(高直《こうじき》にはなるが金鍼なら柔らかくて細い鍼ができるな)

銀次郎は傍らで鑢《やすり》をかけていた千吉に、

「地金入れを持ってきてくれ」

と言った。

「へい」

と千吉の声で銀次郎が顔を上げると、ちょうど悌七が前垂れのごみを払って立ち上がるところだった。

悌七は厠にでもいくのか別段急ぐ風もなく奥の間のほうに姿をけした。奥の茶の間には父親の喜右衛門と母親のそよがいた。喜右衛門は銀次郎たちと仕事はするが、昼日中《ひるひなか》いっぱいは仕事場にはいない。いまはほとんど銀次郎が店を仕切っていて、喜右衛門が受け持つのはよほど根気のいるものか、手の込んだものばかりである。

仕事場も本来なら悌七に預け、銀次郎は商売先を増やすことに、時間をかけなければならないと思っているのである。悌七は小柄で細い体つきだが、骨はがっしりしている。顔も一人前の顔をしているし、腕も悪くない。ただ、あまりしゃべらないので銀次郎もほんとうのところ悌七のことがわからないのだ。


喜右衛門がそよと一緒になったのは銀次郎の母親が労症で亡くなって二年後、銀次郎が十五歳の時だった。姉のせつは十七であった。

そよも喜右衛門と同じく伴侶を病気で亡くして染物屋の下働きをしていたのを間に入る人がいて人生をともにすることになったのである。

そよは息子の悌七がこぶつきでいることに逡巡をみせ、乗り気ではなかったのを喜右衛門が、

「なあに、おれが一人前の鋏磨りに仕込むから大船に乗ったつもりで来ねえ。みれば性根がしっ

かりした坊主だ」

と大見得《おおみえ》をきったので、そよはそれを全面的に信じたわけでもなかったろうが、唯一のたよりとして伊丹総家に入ったのである。

そのとき喜右衛門は三十九歳、そよは三十歳、悌七は銀次郎より四つ下の十一歳だった。

そよは来た日から家のことや職人の世話に明け暮れたのですぐに銀次郎の家に馴染んだ。銀次郎も父親について仕事をはじめていたので新しい家族に煩わされることはなかった。

ただ、悌七だけは喜右衛門はああは言ったものの、十一歳では仕事を覚えさせるには早かったのか半端《はんぱ》な仕事の手伝いばかりさせられていて、役立たずの疎外感におそわれ、なかなか新しい家族にとけこめないでいた。悌七はその不満を母親にぶつけられないでもいた。母親もなんとか居場所を確保しようと、必死にがんばっているのを見ていたから、余計な心配はかけられなかったのだ。救いは義理の姉となったせつである。せつはおっとりした性格で器量も悪くない。そのせつがそよに意地悪したり無視したりしなかったことが悌七にはどんなに有難かったか涙がでるほど嬉しかった。それで行き場のない鬱屈をかろうじて細い体に閉じ込めていたのだ。

悌七は十五の歳から喜右衛門に仕事の手ほどきをうけるようになった。親子の関係から親方と弟子の関係になったのだ。

酒を飲みながら喜右衛門はそよによく言ったものだ。

「悌七は手筋がいい。ひょっとすると銀次郎よりいい職人になるかもしれん」

そよにとってこれ以上耳にここち好《よ》い言葉はない。はじめてこの家に来てよかったと思えた瞬間だった。

しかし、いいことはそうそう長くはつづかなかった。

天下祭で知られる江戸の二大祭りと言えば日吉山王神社、山王さまと神田明神の大祭である。江戸っ子の祭り好きもあってそれぞれが競い合って年々派手でおおがかりになっていくので延宝九年（一六八一）以降は交互におこなうことに決められた。その年は山王祭の年で神田祭は陰祭《かげまつり》となった。

毎年山王祭は六月十五日が本祭で前日の十四日が宵宮《よいみや》である。江戸市中はいやがうえにも祭気分で浮かれて沸き立っていた。全国を見渡せば飢饉による一揆が頻発し強訴、越訴が日常茶飯事になっていて、寛政の改革による察度《さっと》（非難）はあったものの、そこは徳川家の産土神《うぶすながみ》、楽翁《らくおう》（松平定信の号）の力ではその祭りを停止《ちょうじ》させるまでにはいたらなかった。

その宵宮の日。

氏子が担ぐ底抜け屋台に見知らぬ男が一人、入り交じっていた。

底抜け屋台は踊り屋台と違って、輿は担がせているものの輿には誰ものせておらず、何人かが文字通り底のない屋台に入って囃子《はやし》ながら歩いていくのである。

屋台が小船町から小網町を練り歩き、湊橋を渡りかけたとき、誰かが日本橋川に落ちたような鈍い水音がした。

橋の上や川岸の通りには大勢の人が群がり、山車や囃子に目が奪われ喧騒の渦に包まれていて気づくものがいなかった。

夕闇もせまっていて東のほうの空は縹色《はなだいろ》ににじんでいた。

屋台がさらに霊岸橋を渡り、茅場町通りを西へ向かい山王御旅所につく頃にはその見知らぬ男の姿はなかった。

翌日はいよいよ本祭で、

「お祭番付、山王様御祭礼番付」と呼ばわって売り歩く番付売りの声も景気よく聞こえてくる。

悌七も近所の仲間と練り物で祭りの行列に加わっていた。練り物は仮装で悌七らは絵島生島事件をなぞらえた恰好をしていた。山王祭で披露するのははばかれるものである。というのもこの山王祭の陰の推進者は大奥の女中たちなのであった。お城まで山車や屋台をひきいれて、吹上物見所の前で将軍ともども見学するのが、その多くが一生城外に出られぬ大奥の女たちの最大の楽しみだったのだ。

その大奥の女中たちにとって、禁忌中の禁忌が絵島生島事件だった。悌七たちはそれを承知で大胆にも山王祭に悪ふざけをしかけたのである。

祭りの行列は榊を先頭にして、御鉾や御旗をたてて進んでいく。将軍家、大奥の御女中に舞いや囃子を披露し、盛大な喝采を浴びた。その間も御徒組の者が警護をおこたらない。

行列はこの後、田安、清水、一橋の御三卿をまわって大手門から常盤橋をぬけて街中にはいっていった。

観衆は沿道に親戚や知り合いの家を求めて、二階の戸などを取り外し、江戸の大祭を楽しんだ。迎える家では何日も前から料理などを準備し接待に大童だった。

地方からも見物の人々が押し寄せ、祭りの山車などが練り歩く道はさほど広くないのに沿道には桟敷席まで設けられていて、そこにはふだん見かけないような不思議な集団も入り込んでいた。祭は、いやがうえにも町中が人で溢れ、観衆も行列も熱狂の渦に巻き込まれていった。

ひよしさん御祭礼　ところせましと氏子中
なかに勇みの派手姿　ちょっと御酒所いっぱいに
浮き立つ色の染だすき　申酉がけいごに手古舞はなやかに
ほうずきやほうずきや　海ほうずきや海ほうずきや
山王様御祭礼番付ぇ　これはお子供衆のお手遊び……

唄いながら背に風呂敷を負い股引姿の番付売りが町屋の軒下を伝っていく。菓子や祝儀をはずむ商家もあった。

こうして山王祭は江戸っ子の熱狂が冷めやらぬまま、茅場町の御旅所に奉幣し、酒、米、魚介などの神饌《しんせん》を献じて海賊橋を渡り、通り一丁目を南へ尾張町までぬけて本社へ還御して幕を閉じたのだった。

悌七たちは仲間の裏長屋に集まって慣れぬ酒を飲み、まだまだ遊びたりないのか気勢をあげていた。

「数寄屋町の後見の師匠、みんな見たろ。いいおんなだったなあ。妙にいろっぽくてさあ。泣けるぜ。あれでいくつくらいだろうな」

そういうのは飛脚屋の次男坊房吉だ。

「あれは踊りの師匠で子供たちに付き添ってるのよ。おれがみたところ師匠は十七、八とみたぜ」

これは指物師見習いの常次。

「いい年頃じゃねえか。どうだ今度、押しかけて行って弟子入りしようじゃないか」

「ほんきか。ひやかしとすぐに見抜かれて箒でたたきだされるのが関の山だぜ」

「なあに弱気だしやがって。よおうし、常、いっちょ賭けようじゃないか。師匠が弟子入りを許してくれたら俺の勝ちだ。五百でどうだ」

「五百文か」

「いやか」

「いや、受けたぜ。なあ、悌七、お前が見届け人だ。しっかりこいつから五百かっきり引っこ抜いてくれよ」

「莫迦野郎、こっちのせりふだ、なあ悌七」

房吉も常次も悌七と同じ十六歳だ。近所の遊び仲間で近頃は色気づいてきていた。

この日山王祭の行列に加わった仲間は七人だった。その仲間が全員、仁平《にへい》の裏長屋に集まっていた。

五百石旗本の中間《ちゅうげん》平六、葉茶問屋の三男和弥、傘張り浪人の息子虎五郎の面々である。一番年嵩が仁平で十八、一番年若が和弥で十五歳だった。

仁平は博打打で仲間うちでも肝のすわった男でとおっていた。今度の山王祭の山車に加わるのも出し物を提言したのも仁平だった。

「それより……」

房吉と常次の踊りの師匠に弟子入りの賭けを、おもしろそうに笑って聞いていた仁平が全員の耳を奪うような声音をだした。

赤い顔をした皆が、仁平の細くとがった顔を注視した。

「室町の山車を見たか」

一同、「さて?」という顔をする。

「誰も覚えてないのか」

「たしか、少女が着物を着て屋台に乗っていたのでは」

平六が言う。

「そうさ。おれは踊りの師匠よりあの娘が気になってしまった」

「しかし、あれはまだ十や十一でしょう」

平六が言う。

「そうだとして再来年が楽しみだ。どれだけきれいになって山王祭にもどってくるかな。どうだ賭けるならこれにしないか。再来年の山王祭の踊り屋台に娘がもどってくるかどうか。おれがみんなの相手をするぜ。おれはかならずもどってくるだ。ひとり金二分でどうだ。みんな賭金をそれまでに貯めておけよ」

「仁平さん、ほんとうにいいんですか負けたら三両ですぜ」

「うん、そうなるね」

「だって続けて山王さんの踊り屋台に立つなんてのはあまり聞いたことがないし」

と平六。

「なんだ、おれのことを心配してるのか。そんな心配はいらないよ。賭けってのは平六、おまえが言うようにそりゃ無茶だ、というほうに賭けるのが醍醐味じゃないか。おまえたちに金二分も稼がせてやるんだ、有難い話さ」

仁平は平六にかわいた微笑をなげ、茶碗酒をあおった。

悌七は嬉しそうに酒を飲みながら聞いていたが、

「俺たちの練り物に笠をかぶった侍がずっとついてましたね」

「警護の人間じゃないか」

仁平が訝しげに悌七の目をのぞく。

「鉄杖や拍子木なども持ってませんでしたよ」

「大名か旗本から人がでてるんだろう」

「……」

仁平はわざとはぐらかすように言っているようにしか悌七には聞こえなかった。確かにいやな視線を感じたのだ。しかし、酒の酔いと疲れでその話はそれっきりになってしまった。全員が狭い仁平の長屋で折り重なるようにして酔いつぶれてしまった。


山王祭が終わって、気が抜けたのか仕事にも身が入らないまま五日が過ぎた頃、悌七の仕事場に平六がひょっこりあらわれた。

平六は家のなかには入らずに、

「ちょっと」

と口元をうごかして手招きした。

悌七は銀次郎のほうをちらっと見てから店の外へでていった。

「どうした?」

「いや、変わったことがないかと思ってな」

「どういうことだ」

「ここんとこ見なれぬやつを見かけないか」

そういえば母親のそよが二、三日前、

「気味悪いねえ。むこうの石屋の庄さんの家の軒下からじっとこっちを見てる人がいるんだけど……」

喜右衛門に話していた。

「どんなやつだ」

「重吉親分の子分みたいなかっこうをしてましたよ」

「下っ引か」

また悌七の野郎なにか悪さをしやがったか……という声を途中まで聞いて悌七は後は聞こえぬ耳になって仕事をつづけたのだが、平六の言っているのはそれに関係してることなのか。

「房吉も和弥も変なやつがうろついていると言ってる」

「言ってる？　二人はそれを誰にも相談せずお前だけに言ったのか」

「それは知らない」

「ふーん。平六、おまえのところはどうなんだ」

「いまのところ目撃してはいない」

「房吉、和弥、そして俺か。博打か喧嘩か。そんなどじを踏んだかかな」

「悌七……」

平六は鈍くくぐもった声をだした。平六の乾いたくちびるの端がわずかにふるえた。

「あれじゃないか」

「……」

悌七は黙って平六の生色のない痘痕顔《あばた》をみていたが、あれとはあれのことかとすぐに察しがついていた。

「となるとおれたち全員が捕捉されているな」

「きのうちの殿様がなにかお城で聞いてきたようだったが、用人に呼びつけられる前に屋敷を抜け出してきたんだ」

平六は書院番組の旗本設楽九郎四郎の渡り中間だった。なにかあったらすぐに逐電できるような軽い身分である。

「いちど仁平さんのところにでも集まるか」

「それは危ない。やつらに好都合で一網打尽じゃないか」

「しかし、おれたちがなにをしたというんだ。あの練り物だって、大身旗本のお姫さまが、身分違いの朝顔作りの貧乏御家人の倅に危機を救われて、それでこころを許して許嫁《いいなずけ》を捨てて家を抜け出し、連れ戻され、座敷牢に閉じ込められた悲劇を、芝居仕立てにしてるんだ」

旗本のお姫様役の和弥は櫛、簪、笄を幾本もさした鬘をつけ、金糸銀糸で彩った裲襠《うちかけ》を着て目の前に厚紙で作った牢の格子を抱いて練り歩いた。姦計をもって罪におとされて遠島になった御家人役は房吉で、流人船に扮したのは常次だった。お姫様の許嫁に虎五郎。お姫様の父親に平六、母親に悌七、そして幕府の役人に仁平がなっていた。

町名主たちは祭本番の三か月も前から町年寄役所に集まり、祭礼の当番町を決め、当番町になると当番町同士の寄合や、地主、家主、月行事などを招集して付祭の内容なども話し合う。金六町では当初悌七たちの練り物は取り上げられていなかった。まず、悌七たちの仲間の編成が、金六町を代表する人間にふさわしくないと断定されたのだ。筋目正しい表店の人間たちで、練り物をだすことになっていた。それは須佐之男命《すさのおのみこと》が、八岐大蛇《やまたのおろち》を出雲の簸川《ひかわ》で退治する場面を描いたものだった。その八岐大蛇には五人ほどの人間が竹、紙でつくった大蛇にはいって練り歩くものだったが、宵宮の前日に五人が稽古中に食べた猪なべにあたって、五人が五人とも寝込んでしまったのだった。それで名主は悌七たちの練り物を番付にのせることをしぶしぶ認めたという経緯があった。

「やっぱりお上をあなどっちゃいけなかったな」

「まだそれと決まったわけじゃないんだ。そんなしょっぱい顔をするなよ」

悌七はそういったものの胸がさわぐのはおさえきれなかった。喧嘩や博打では自身番で油をしぼられたこともないではなかったが、仕事は親も認めるほどきちんとやっていたのでお咎めをうけることはなかった。

悌七は平六を励まして、

「ちょっと様子をみようや。そのうちなにか動きがあるだろう」

平六はそれを聞いても気持ちは晴れないらしく、しおしおと八丁堀の組屋敷の大通りを西へ帰っていった。


動きはその夜のうちにあった。名主の鈴木邦太郎が悌七の家にやってきたのだ。

喜右衛門のいる茶の間に通って開口一番、

「困ったことになったよ、五代目」

喜右衛門にむかってその大きな顔をことさらくもらせた。

「なにがありました」

煙管をいじくりながら喜右衛門は鷹揚に応じた。名主といえば町の顔役で邦太郎はこのあたりの居つき地主でもある。その邦太郎に喜右衛門はすこしも臆するところがない。変に度胸がすわったところがある。

「御番所に呼び出されてな」

「いつのことで」

「八つ（午後二時）過ぎのことだ」

「で」

「やっぱり山王様のあれがいけなかったようだ。わたしは端《はな》から気がすすまなかったのだ。あいつらが猪なべを食ったばかりにこんな目にあうなんて」

「お役人はなんて言ってるんです」

「わたしの知ってる鷲頭《わしず》様の耳打ちなんだが、鷲頭様は年番与力です。どうもあの練り物をお気に召さなかったお方がいらっしゃるようなのだ。ことによっちゃわたしの首も危ないと脅かされて、冷や汗三斗とはこのことですよ」

「お気に召さない？　でもお許しがでたから行列にも加えてもらえたわけじゃないですか」

「それは間違いない。だからわたしもしぶしぶ認めたのだ」

「しぶしぶ？」

「あ、いや。いろんなことを言う人たちがいてな。あの猪なべにあたったというのもなにか怪しいと言う輩《やから》もいるのだ」

「食いすぎたのと違いますか。それで名主さんはどうしろと」

「それなのだが、ちょっと調べたところあの仁平という博打打が発案者というじゃないか。仁平はきついお叱りはまぬかれないと思うが、ここの悌七は軽いお咎めですむのじゃないか」

「さあ。どうですか」

「親らしくないね。息子が罪に問われてもいいのかい」

「いいわけありませんが、こんなことでしょっぴかれるのは合点がいかないですね」

「そうだ。そんな面倒なことはできたら避けるが賢明というものだよ。それで前々より悌七を上方に出すようなことを言ってたろう。ちょうどいい機会じゃないか。人別のほうもわたしからあちらの肝煎りさんにきちんと挨拶させていただきますよ」

「ええ、それはありがとうございます。しかし、目をつけられている人間が突然江戸を離れていいんですかい」

「いや、まだなにかあったわけじゃないんだから、上方行きは予定していたことですと言えばすむんじゃないか」

「それは有難いんですが、名主さんに迷惑がかかりはしませんか」

「いや、ありがとう。どっちにしてもわたしは無実というわけにはいきませんよ。それならひとりでも救われる手はないかと考えたわけでな。それも甘いかもしれないが」

「誰ですかね。御番所に難詰する人間は」

「うーん」

名主の鈴木邦太郎は頭をかかえてしまった。

それから間もなくして悌七は乗り気ではなかったが、喜右衛門と銀次郎の強いすすめで上方に旅立っていった。それを待っていたかのように仁平と虎五郎と常次が番所に引っ立てられ江戸払いとなった。平六は旗本の家を逃げ出していた。

あれから六年。悌七は上方で四年の修行を終えてそれなりに腕を磨いて伊丹総家にもどってきた。もどった当初はなにごともなく過ぎていったが最近の悌七のまわりには嫌な空気がまとわりついていると銀次郎は思って、今も座をはずしている悌七の座っていたあたりにぼんやりと視線をおとしていた。

第二章　深川、怪動《けいどう》騒ぎ

一

背中に皹《ひび》がきれるほど、疾風烈日のなかを毎日毎日市中まわりをする、定廻り同心の仕事はとても生半可なものではない。組織としては与力の下に組み入れられているが、仕事上は大半が自分の宰領で、片付けていかなければならないものばかりである。御奉行と直接やりとりをする。それだけに三廻りの同心には個性もアクもつよい者が多い。しかし、横地作之進《よこちさくのしん》にはそんな様子は微塵もなく妹の千代にやりこめられても、平然としているところが大物にもみえるし、どこか頼りないともいえる。小銀杏に巻き羽織、武張った仲間がおおぜいいるが、横地作之進は彼らとはどこか違っていた。父親について見習いにでていた頃には、要領が悪くよくどなられていたし、父親が隠居して後をついでからは、上司や仲間に意地悪をされていたが、どこか憎めないおおらかさがあって、今では上司の与力高島九十九《つくも》はじめ仲間の多くが横地作之進を必要な人間と思っていた。

裏南茅場町に室田屋という引き合い茶屋があった。横地作之進は呉服橋の役所に顔をだしてから、まっすぐ室田屋の近くまできて岡っ引の田茂三《たもぞう》を待っていた。

田茂三はいつもの習慣で、朝から室田屋に詰めて、ほかの仲間と捕り物の打ち合わせをしたり、世間話をしたりして情報交換に忙しい。しかし、彼らが集まる眼目は、飯の種の取引にあることは間違いない。彼らの飯の種——引き合いを抜くことである。これで金のやりとり、義理の貸し借りをするのである。

引き合いを抜くとは、簡単にいえば奉行所に呼び出されて、吟味に時間と金をつかうことを出入りの岡っ引が、金でもって回避させることである。白洲に呼び出されたら、名主や大家や五人組まで連れ立って奉行所にいき、一日がかりの仕事になってしまう。

店の煙管一本盗まれても、差紙《さしがみ》（呼び出し）をだされたら、朝早くから奉行所に詰めなければならない。そんなことになったら、忙しい商人にとって時間と金の無駄である。そこで盗まれたのは事実だが、盗まれなかったことにしてもらうのだ。白洲で費やす時間や、名主、大家に払う謝礼に比べれば、煙管一本の損など何ほどでもない。そのやりとりを田茂三たちは引き合い茶屋でやるのである。もし引き合いがうまくいかなかったら、田茂三たちは得意先の信頼を失うのである。

横地作之進が柳の葉を口にくわえて、室田屋の腰高障子を見ていると、丸っこい背中をした田茂三がでてきた。浅黄色の股引が真新しい。田茂三は独り者のわりにいつも清潔な恰好をしている。一人娘のおこのがしっかりものだという評判である。

「旦那、お待ちになりましたか」

「いや、いま来たところだ」

「すみませんねぇ」

「どうだ、今日の首尾は」

「ええ、なんとか」

「江戸は盗人が多いからな、いい商売になるだろう」

「そうですね。あっしらがこんなことしちゃまずいんでしょうがねぇ」

「そんなことはないさ。おかみは岡っ引をつかっちゃいかんというけど岡っ引がいなけりゃとても俺達だけで江戸市中の安全は守れないし、引き合いを抜くのだって、それをしなきゃ番所は吟味吟味で、いくら時間があっても追いつかないさ。うまくできているんだ。それでも多忙でな、寺社や勘定にくらべて、うちらの御奉行がずっと早死になさるとよ」

「旦那は長生きしてくださいよ。あてにしているんですから」

「あはは、嫁をもらわぬうちは、死ぬわけにいかないかな。それより千代の相手に誰かいい男はいないか。早く嫁にださないとうるさくてかなわん」

「お千代さんは美人だし、しっかりものだからいい人が見つかりますよ。ひとつ、こころがけておきましょう」

「すまんな。夕七つ半（午後五時）に千曲《ちくま》に顔をだしてくれ。高島さんも見えるから」

横地作之進は用件をそれだけ伝えて田茂三と別れた。田茂三が去ってから、ほどなく中間の亀次郎が汗をふきふきやってきて、二人は連れ立って江戸橋から米河岸へぬけて行った。

暖簾《のれん》が川風にゆれて、客を手招きしているように見える。誘われるように高島九十九は馬面《うまづら》をその暖簾の下をくぐらせた。

「いらっしゃい」

はじけるようなすずの声が、竹河岸の入り堀までとんでいく。

「おう。おすず、いつもかわいいのう。今日も生きていてよかったわい」

「おおげさね」

「うわっはは」

「今日も一番乗りですよ」

「人後におちず、ということじゃな」

「意味が違います」

「うわっはは」

娘四人をもうけた婿殿の高島は、家では気鬱で過ごしているが、千曲ですずといるときが一番嬉しいのだ。役所もはやばやと引き上げて、約束の時間より四半刻（約三十分、一刻は約二時問）も早くついてしまった。

　陽気がよくなってきて熱燗もそろそろあきて、このところ高島は上役から貰った片口の伊万里焼に濁り酒をたっぷり入れて、大ぶりの猪口《ちょこ》にそれを注いでもらっては舌なめずりして飲んでいた。役所では正覚坊《しょうがくぼう》とよばれている。

　蕗味噌がでて、生桜海老が小丼に盛られていた。からだより長いひげの先がくるんとまるまっている。そいつを指の先で四、五尾つまんで「ぽい」と口にいれた高島は馬面をさらに長くして「にっ」と笑った。

「気持ち悪い。具合でも悪いんですか」

「うまい」

　高島は猪口の酒を一気に傾けるとふうっと息をついだ。片口の酒はもう半分ほどもない。

「そう言えば山茶花の親分は白魚よりこっちのほうを好んだな。白より朱か。なるほどな」

　何がなるほどなのかは、すずにはまったくわからなかったが、ひとりぼっちのすずを拾って女房にまでしてくれ、歳も親子ほども違うので、先々を心配してくれてこの店を持たせてくれた山茶花の吉弥親分は、捕り物の最中の事故であっけなく逝ってしまった。その吉弥親分は桜海老が大好きだった。

　すずがいつになくしんみりしているところに横地作之進がきて、ほどなくして田茂三親分も顔をみせた。

「横地さま、いらっしゃい。親分もお元気で」

すずは笑顔をふりまく。

「おかみさん、相変わらずいい女だ」

横地作之進はお世辞ひとつ言わないので、そこはよくしたもので田茂三は如才ない。

「親分、まあこっちに」

高島は赤い顔もみせず手招きする。

かけつけたふたりが猪口を傾けた頃合いをみはからって高島はこんなことを言った。

「おかしなことがあってな」

「それは」

「作之進は聞いていないか。先月のことなんだが」

「ここのところ市中を騒がせている盗人のことですか」

「まあ、それも頭が痛いのだがな。ちょっと耳をこっちへ」

高島は手振りして、作之進と田茂三の頭を自分のほうへ招き寄せた。

「どう思う」

「驚きました。いままでも似たようなことがあったのですか」

「ないことはないだろうが、それはおれの知らない時代のことだ。最近は聞いたことがない」

「内通者がいるということですか」

作之進は怪訝《けげん》そうな顔をする。

「そうなると由々しきことだ。年番の田代さんもそれを恐れている。田代さんは隠居したがっていてな。それまで何事もなくお勤めを果たしたいわけよ。それでわしに調べてくれというのよ。あの人も人望があるわりに腹を割って頼めるような手下がいないらしい」

「お奉行には話はいっているんですか」

「いや、まだだ。だが時間の問題だろう。内与力の進藤さんはいつもこっちの様子を窺って逐一お奉行に知らせているからな。それに目付けの目もあるしな」

高島は先輩、同輩の与力の動きには神経を使っているようだ。

「手入れの時間と場所はいつ決まったのですか？」

「二日前のようだ」

「実行まで間はありませんね」

「そうだ。簡単に外へ漏れてはまずいからな」

「場所はどうして決めるのですか。府内には岡場所は数え切れないくらいありますよ」

「深川と小石川音羽があがったそうだ」

「なるほど」

「だが音羽だと小粒過ぎて見せしめにならないということらしい」

「それで深川に」

「うん。かなり無茶をうったな。いまさら深川の岡場所なんてつぶせっこないさ」

「それを承知で手入れするとすれば裏になにかあるんでしょうね」

「そう計算したんだろうが、とんだ見込み違いでたいがいの女は逃げ出してしまったらしい。それで揉めているんだ」

手伝いの小女が、きらず（おから）の小鉢をもってくる。高島はそれをひと箸すくい口に入れるとすかさず猪口をあおる。

「手入れの件はどこから出てるのですか」

「それはお城のほうからだろうが詳しいことはわからん。いずれにしてもお奉行がうけたまわってきて下命した。今度の一件は君島さんが指揮をとったのだが」

「どんな方ですか」

「身辺のきれいな人だ。与力も長いからじき年番になられるような人だ」

「しかし、この時期に岡場所を急襲する意味があるんでしょうか」

「意味はないかも知れないが、役所はときどき理屈をつけてとんでもないことをやるのさ」

高島はすずに濁り酒をさらに持ってこさせた。小女がいわしの一夜干しを平皿にのせて置いていった。

「それでどうします」

「うん。作之進と親分とでちょっと様子を探ってくれないか」

「内通者を見つけるのですか。手入れの背景はとなるとちと荷が勝ちすぎますが」

「おれにもその辺はわからない。だから、つまり田代さんに顔向けできるような何かをつかんでくれればいいいさ」

「それにしても仲間を探索するのは気がすすみませんね」

横地作之進としては珍しく渋面をつくる。

「もっともだ。しかし、俺もお主に頼むしかないのだ。なんとか探ってみてくれ」

高島はもう用件はすんだという気になって、田茂三がつぐ酒をうまそうにあおりつづけていた。

そこへ他の客の相手をしていたすずがやってきて、

「お家の方が」

と言った。

若い娘と娘に付き添ってきたような下男がそばにやってきて、

「父上、お帰りくださいませ。おばばさまが急病でございます」

「なんと。おばばさまが。今朝出るときは元気だったが」

若い娘は高島の一番上の娘の佳代であった。下男だけが呼びにきても、高島はぐずって帰らないので、奥方は長女に下男をつけて寄越したものとみえる。

一気に酔いが醒めた高島は、

「作之進、頼んだぞ」

と言い残して千曲をあとにした。

残された作之進と田茂三親分は差し向かいになって腰をおちつけることになってしまった。

「親分は深川の岡場所は馴染みですか」

「いやあ、あっしの縄張りではありませんから顔はききませんよ。あそこはいろんな親分がなんのかんのと入り込んじゃいますが八咫《やた》の鉄五郎親分が縄張りです」

「知っているのかい」

「良く知ってます」

「どんな係わり合いで」

「あっしも八咫も野州の出で」

「どこだい」

「鬼怒川っ縁《ぺり》です」

「百姓かい」

「やつはおやじが博労しながら田畑持ってましたが、あっしは水呑みですよ」

作之進は田茂三の出自を始めて聞いた気がした。

「親分たちの縄張りってのはきっちりしたものなんだろうか」

「たてまえはそうですが時と場合によっちゃ、力ずくですよ。とくに盛り場や女のいるところには土地土地に顔役なんてのもいますから、十手持ちもそうそう威張ってばかりもいられません」

「十手持ちでその顔役みたいなものを兼ねてるのもいるんじゃないかい」

「ご明察です」

横地の旦那にしては鋭いところをついてくると田茂三は舌をまいた。もともとこのお方は人が噂するほど田吾作じゃないのだと田茂三は思っている。

「その鉄五郎は土地の親分たちとはどうなっているのだろう」

「そこはもちつもたれつです。八咫の一声で皆がひれふすってわけにはいかないでしょう」

「そうとすると、あぶない商売の連中は八咫の顔をたて、土地の親分の顔もたてて金もかかるな」

「そうなります」

「うむ」

あまり酒がすすまない田茂三のために小女をよんで、茶漬けをもってこさせて作之進は肝心のことを聞いた。

「高島さんの話、どう思う」

「本気なんですか」

「え?」

「深川あたりじゃなんといっても怪動《けいどう》がいちばん怖いんです。ですからふだんから役人に袖の下を使ってますんで端《はな》から踏み込まれるなんて思っちゃいませんよ。万に一つあったところで、事前に事は知らされますからいくらでも手をうてます」

「そうだろうな」

「だから本気なんですかとお聞きしたわけで」

「役所がか。それとも高島さんがか」

「みんなですよ」

　そこまできて横地作之進は腕組みして考えこんでしまった。田茂三は茶漬けも食べ終えてしまって、酒もすっかり醒めてしまったようだ。

「ともかく一度探ってくれないか。役所のほうはこっちで適当なものに聞いてみよう」

「わかりました。それより盗みが頻々《ひんぴん》とおきてますね。今朝も親分達の集まりでその話ばかりです。犯人は捕まらないし、盗られたほうもよほどのものでないかぎり届けでないので盗人のやりたい放題です」

　もともと江戸には盗みが多い。強盗や追いはぎでないかぎり、重罪にならないと思っているのか軽い気持ちでその辺にある衣類など盗んでは売ったり、自分で着たりするのである。櫛や簪《かんざし》などおんなものの小物もよく盗まれる。しかしもともと普通の江戸のひとたちは、金目のものはほとんど所持していないので、盗られるものもそうないのである。着物などがせいぜい財産といえば財産であった。

「盗みも人を傷つけたりしないうちはいいが、そのうち押し込みをはたらくようになるかもしれないからな芽のうちに摘んでおく必要があるな。市中廻りのさいは気をつけておこう」

鐘がなっていつのまにか五ツ（午後八時）をまわっていた。作之進も茶漬けを頼んで蕪の浅漬けで腹を満たした。

腹がくちくなったら急に眠気がおそってきた。

「親分、ひきあげようか」

「そうしましょう」

田茂三が先に腰をあげたとき、田茂三の股引が作之進の目にはいった。

「その股引は娘さんの見立てで」

「えっ、これですか」

「親分はいつも身奇麗にしてるなと思って」

「娘のやつがうるさくて、ましな恰好をしなけりゃ町のひとに嫌われるよって、どうも外聞ばかりはばかるようなおんなになっちまいまして弱ってるんですよ」

「いや、いい娘さんだ。江戸中の岡っ引で着るものにこころくばりする親分は田茂三親分だけだろう。それも娘さんのおかげだ」

そういって横地作之進は千曲の勘定を払った財布から二分判金（一両は金四分）一枚を田茂三に渡した。

「親分の股引の洗濯代だ。娘さんによろしく」

横地作之進がそんなことをすることはめったになかったので田茂三は「滅相もない」といいそうになったが、「よろしいんですか。ありがとうございます」と言って素直に受け取った。横地作之進も八丁堀の旦那としてこんな具合に階段を上っていくのだ、と田茂三は思った。旦那とその手先の岡っ引、当たり前の関係にこの頃やっと逢着しつつあることを田茂三は喜んだ。あと何年、岡っ引でいられることか。すくなくとも娘が嫁にいくまではと思って作之進の後をついて千曲の暖簾をわけて外にでた。

二

翌朝、引き合い茶屋の室田屋でいつもの一仕事をかたづけて田茂三は深川へ永代橋を越えた。八咫の鉄五郎の家にはこれまで何度か行ったことがある。八幡橋をわたった先を、右にはいった黒江町の奥に、二階家を借りて住んでいた。家には何人もの手先が起居していた。女房のおたきは、相模のおんなで鉄五郎の稼ぎのお陰で、ほかの岡っ引のかみさんのように商売など何もせずに、出入りする若い者の面倒だけをみていた。

いつものことながらとつぜん訪ねたが、鉄五郎は茶の間の長火鉢の前におたきといっしょに茶をすすっていた。

「早くからどうしたい」

「おまえさんの顔がみたくなってさ」

「冗談だろう」

おたきも、まったくと言って口元を袖でおおう。

「いや、ほんとうだとも。急いで大川を越えてきたんだ」

「わかった。何か聞きてえことがあるんだろう」

「じつはな。先月あたりに怪動騒ぎがなかったか」

「……」

「番所で踏み込んだら鼠一匹いなかったと」

「ちょっと違うな」

「違う？」

「どこまで聞いている？」

「番所のほうに内通者がいるのかと」

「それだけか」

「まあ」

「話にならんな」

「面目ない。いいわけに聞こえるかもしれないが、おれも半信半疑のまま旦那に頼まれちまったもんでな。誰がなんのためにいまごろ深川に手入れをくりだすのかわからないんだ」

「そうだろう。四年前の怪動で吉原に送られたおんながいたが、あれは店のほうも越前守をあまくみていた。世情のことをあれほど知らぬひとも珍しい。まあ、俺達と違って尻に青い葵の紋をくっつけて生まれた人だから、仕方がないといえばそうなんだが」

「白河の田舎で名君でいたほうがよかったな。しかし、もういまの殿様からは暇をだされたからおしまいだろう」

「いや、まだ若いからな。隠然たる力は残ってるんだ」

鉄五郎は煙管の灰をおとす。

「よくわからんがな。それより深川のどこがやられたんだ」

「話してもいいが、おめえいいのか。厄介だぜ」

「おどかすなよ。まだ死ぬわけにはいかねえぜ」

「じゃ、知らぬふりで通せよ。べつになんの義理もないんだろう」

「手札を預かっている旦那の命令だからな」

二腰のと言われるだけあって田茂三は粘る。

「もうちょっと様子を見ちゃどうだい。岡っ引がうろうろしたって始まらねえや」

「教えてくれねえのか」

「そうじゃない。おれも亀みたいに首をひっこめてるんだ。だからおめえもそうしろといってるんだ」

田茂三はじっと鉄五郎の目をのぞきこんでいた。おたきはそんなふたりを煙管をくわえてみていた。

「八咫のはんちくですまなかったな」

「わかりゃいいよ。このまま終わりってことはないぜ、きっと何か飛び出してくるからそれまでやみくもにおれたちが藪をつつくことはやめよう」

田茂三は鉄五郎夫妻に礼を言って黒江町の家をでた。

（八咫のやつどこまで知ってるのか。ほんとうにかかわりあいたくないつもりなのか。いや、そんなわけもあるまい。やつにとっちゃ俺達の引き合いを抜くのと同じくらいの飯の種なんだからな。ん？　そうか、だからこそ知らぬふりを決め込むのもひとつの方便か。ふーん）

田茂三は富岡八幡さまの前の馬場通りを考え考えして歩いていた。

深川の遊里は安永、天明の頃に栄え今にいたっているが、公許の吉原や準公許の四宿（品川、新宿、板橋、千住）と違って私娼の岡場所である。幕府の書状にみえるのは私娼ではなく隠売女という言葉である。岡場所という名称もそもそもまっとうでないという意味である。

それがため岡場所では時の権力による怪動にはとりわけ神経をとがらせていた。ことに深川は吉原と対比され、形式にとらわれない自由闊達さが客にも働くおんなたちにも歓迎された。そのため素人ふうなおんなが客の歓心をかい繁盛していった。

深川のおんなは客を選ぶことさえできた。「さし」という制度があって茶屋にあがった客を障子に穴をあけて見て、気に入らなければ自分の店にさっさと帰ってしまうのである。店もそれを容認していた。

深川の女郎屋は子供屋という。女郎は子供である。

馬場通りを挟んだ両側に深川七場所はあった。

仲町、新地、櫓下《やぐらした》、裾継、石場、佃、土橋である。新地は大新地、小新地に石場は新石場、古石場に分けられることがある。

土橋、仲町が芸娼妓の数も多く、安永三年（一七七四）の「婦美車紫鹿子《ふみぐるまむらさきかのこ》」によれば、仲町については、

「此浄土は素人といふたて、甚《はなは》だ花車風流を好みしが、今は一向に衣装髪の風伊達になり、人がらも尤《もっとも》あまりよくなし。しかし騒ぎ一事は爰《ここ》にこす所なし」

とあり、土橋については、

「此浄土は大方仲町に同じ、いづれ甲乙なし。世間流行髪風は、仲町土橋よりまつ初まり、伊達を専《もっぱ》ら表とす」

と書いている。

仲町、土橋が上品《じょうぼん》の部類で、つぎが櫓下、裾継とつづく。

田茂三が思案投げ首で馬場通りをとぼとぼ歩いていると、

「親分さん」

と妙に艶っぽい声が。

みれば三十路に間もない婀娜《あだ》な中年増。黒の綸子《りんず》に利休の細帯髪に玳瑁《たいまい》の櫛《くし》、笄《こうがい》。

「粂次《くめじ》！」

田茂三、声が裏返る。

「お前さん、どうしてここに」

「あら、いやだ。ここはわたしの遊び場ですよ。親分こそどうして」

「ほい、そうだったな。ここは辰巳芸者の粂次姉さんの縄張りだったな。ちょうどいいところでおまえさんにあった。そのへんでちょっと話をする時間があるかい」

「稽古の時間までいいわよ」

「すまない」

田茂三は片手を顔の前にたてた。

粂次は八幡さまの境内に面した仲裏の汁粉屋に田茂三を誘った。いまの季節は心太《ところてん》などをだしたりする。

粂次は仲町に七十人もいる芸者のなかでも売れっ子のひとりだった。弟を医者にする目標があるために、なかなかのしっかりものだ。猫好きで家には二匹の猫を飼っている。

その昔、粂次が深川で左褄をとるまえに、日本橋の通一丁目の木原店にいたころ田茂三は粂次の危機を救ったことがある。それ以来決まったときに会うわけではないが、家移りのさいのやりとりなどはかかさず十年近くがたっていた。

「景気はどうだい」

「どうだろう。あたしは相変わらずだけど」

「それならいいじゃないか」

「でも大変な店もあってね。気の毒よ」

「何かあったのかい」

「親分は知らないのかい」

「いや、さっぱり」

「先月あたしの知り合いが逃げてきたのよ」

「逃げて？」

「それで匿ったんだけど。何人かは吉原送りになるようよ。百日は紋日《もんび》（遊里の特別の日。遊女は必ず客をとる）だって」

「それって怪動のことか」

田茂三は聞きたいことを粂次が、知ってか知らずか話しだしたので、罠をしかけた気になって自分自身に少し鼻白んだ。

「まさかいまさらねって感じでね。茶屋やお店は大混乱よ」

「そりゃ、仲町か土橋のどこの店だい」

「いえ、本所ですよ」

「本所！　深川じゃないのか」

「深川ったってはずれもはずれ、本所といったほうがいいくらいのところ」

「そういうものかい」

「そうですよ。深川はたっぷりお金をつかってますからそんなことはさせやしませんよ」

「そうはいっても本所だって何もしなかったわけじゃないだろう」

「だからみんなどうして？　という思いなんですよ。親分のほうでなにか知ってませんか」

「いやな、ちょっと手札を貰っている旦那に頼まれて今日深川まで足をのばしたんだ。手入れに入ったが思うような成果がなかったらしいんだ。それでその訳を探れとな」

「先月は変な噂が流れましたよ。だからみんな用心していましたけど、本所に手が入ったのを知ってそれでまたいろんな噂がとびかって、みんないやな目つきになっちゃってちっとも楽しくない」

「本所というと松井町かい？」

「いえ、弁天と御旅」

弁天と御旅は大川の御船蔵のすぐ東にあり、八幡宮御旅所と弁財天とに挟まれたまさに狭斜の町だった。深川の櫓下ほどの中品の評判があった。

ちなみにこの御旅所は元禄十五年、赤穂浪士が吉良邸討ち入りの後、四十六人の集合場所を、かねて決めていた回向院に拒否されて、やむなく集まったところである。ここから泉岳寺まで、浪士は徒歩で引き揚げていった歴史がある。

「みんなやられたのか」

「いいえ。噂では十人くらいといってます」

「少ないな。御旅と弁天で女郎屋は何軒ある」

「あわせても子供屋は七軒くらい」

「おんなは？」

「七、八十人というとこかしら」

「全部のおんなが茶屋や店にいなかったとしても捕縛されたおんなは少ないな。そういうことなら怪動が漏れてたと思われても仕方ないか。深川で流れてる噂ってのは」

田茂三は、粂次の顔色を見ながらもう一歩踏み出して聞いた。

「いろいろですよ。子供に入れあげて家を勘当された若旦那が逆恨みで知り合いの役人にあることないこと訴えたとか、辰巳の勢いに影さした北里《ほくり》（吉原）が上納金をしぶって幕閣を動かそうとしたとか、お上も深川には手をだせないとかいろいろです」

「そうか。大変だったな。いや、ありがとうよ。姉さんに会えて良かったよ。今度はゆっくり粂次姉さんの三味線を聴きたいね」

「是非にね、親分」

「じゃ、なにかあったらまた話をきかせてくれ」

「わかりました。お達者で」

「ありがとうよ。手間とらせたな」

田茂三は南鐐（二朱銀、二枚で一分）二枚を粂次に渡して、「これで茶代を頼む」と言い置いて汁粉屋を出て、八幡宮の境内の巨大な銀杏並木の木漏れ日のなかを、弁天御旅のある竪川の一つ目橋に向かって歩いて行った。


横地作之進は、帳面に向かって難しい顔をしていた例繰方《れいくりかた》（判例、判決録に詳しい、町奉行所の一部署）の鷲塚東吾郎《わしづかとうごろう》を同心部屋から離れた空き部屋に引っ張り込んだ。

「どうしたんです。怖い顔して」

鷲塚東吾郎はめがねをはずして目をしばたたいた。めがねを取ったら何もみえない。

「先月、怪動があったろう。知ってるだろう。君島さんがやったらしいんだが」

「そうですか」

「そうですかじゃない。高島さんからおれは聞いたんだ。それで猫の子一匹捕まらなかったそうじゃないか」

「それはちょっと。二年前に市中の岡場所に怪動をかけたときは御改革の旗印のもとにおこなわれ、それなりに成果があがりました。役所をあげて取り組みましたから。今回はちょっと違ったようでしたが」

「そうだろう。高島さんもよく知らないくらいだからな。もちろんおれも知らない」

「あまり自慢にはなりません」

「莫迦。自慢じゃない」

東吾郎の父親は隠密同心を勤めた歴戦の不浄役人だったが、東吾郎は父に似ず書物の虫だった。母親とふたりで組屋敷に住まいしている。

「内通者のこころあたりはあるか」

「わかりません」

「岡場所の連中から賄賂をもらっているのがいるだろう」

「いるかもしれませんが簡単にわかりませんよ」

「うーん、どうしたらいいか。高島さんも間諜みたいなことをおれにさせて人が悪いよ。気がすまないといったんだ」

「お察しします」

「東吾郎、やっぱりお前が正しいよ。おれも街中を這いずりまわるよりお前みたいに読んだり書いたりしてたかったよ」

作之進は東吾郎の前だと素《す》を見せる。

「横地さんは華のお江戸の八丁堀の旦那です。ずーんと胸を張っていかなきゃ駄目ですよ」

「言うは易しだ。さていったいどうしたらいいか頭が痛い」

「直接聞いたらよろしいのでは」

「誰に」

「西山さんです」

「西山不埒《ふらち》か」

横地作之進はいやな顔をした。西山は西山鮒智之助《ふなちのすけ》。深川をまわる定廻りである。横地作之進より数歳上である。

「西山さんに直接あたれば訳はないだろうが、すんなりいくかな。どうもあの人は苦手だ」

横地作之進は新米同心の頃、西山には虐められたいやな記憶しかない。

「まあ、いいか。高島さんもそれほど真剣じゃなかった様子だったしな」

横地作之進は鷲塚東吾郎に礼をいって同心部屋にもどった。途中、高島の部屋をのぞいた。

高島は与力の田代勘兵衛と話していたが、作之進を認めると自ら席をたってきた。

「おばば様のお具合はよろしいんですか」

「いや、すまなかったな。銭湯で倒れたんだ。これで二度目だ。おちおち酒も飲んでられないて」

「大丈夫なんですか」

「うん、大丈夫だろう。それより」

と言って高島は作之進を促して廊下の隅に引っ張っていった。

「何か聞いたか」

「二年前に市中の岡場所を五十以上も取り潰したでしょう。あれで改革の形はついたのにまたやるというのが解せません」

「訴えがあったらしいんだ」

「訴え？」

「無視できなくて動いたらしい。それで結果があの通り。かえって変なことになって、幕引きが難しいことになってしまった」

「おんなたちは吉原に送られて奴女郎に」

作之進は気になっていたことを聞いた。

「いや、これが宙に浮いてるらしい。吉原も困っていて本所のほうじゃぶんむくれていてな。十人ばかりを捕まえたはいいが処分しかねている様子だ」

「思いがけないことですね。それではわたしは市中見回りに出ますが」

「随意に。しばらくこのことは忘れていいぞ」

高島が田代勘兵衛のところにもどる後姿を見送ってから作之進は中間の亀次郎とつれだって町へ出て行った。高島に忘れてくれと言われてかえって作之進の頭にこの一件がこびりついた。

三

暗闇が土蔵を包むといっさいの音が消えて、星のまたたく音が幻聴のように頭のなかに盈《み》ちてくる。薄雲を透かして月の光の粒々が体を通り抜けて、おとこの長夜の徒然につまらない過去の日々を枕元に置いていく。

その日は蒸し暑い日で、甲寅《きのえとら》（一七九四年）の山王祭の宵宮である。湯島天神裏の坂道を下っていた。汗が噴き出してきて、どこかで涼みたいと思っていた。根生院の前を過ぎると、湯島切通町の町屋の一角に、人だかりがしていた。新規に店開きをした八百屋のようだ。新調した台の上には、人参、大根、蓮根、葉物などが並べられていて、店の主は若い夫婦のようだが、様子がおかしい。

夫婦の泣き出しそうな顔の前に、縄を縒《よ》った紐のようなものを突きつけ、しつこく絡みつく声を出しているのは、顔の浅黒い小柄な中年男だった。

「とっておきねぇ。全部ひっくるめてとっておきねぇ」

と、聞けば年季の入った濁声《だみごえ》だ。

若い夫婦の顔の前に突きつけているのは銭緡《さし》のようだ。銭の穴に緡を通して九十六枚で百文とするやつだ。二百、三百文をひとつにする緡もあった。

開店した店があると聞きつけては、押し売りに来る輩だった。

若い夫婦を助けたいが、ここは隠忍と手を合わせてその場を逃げ出した。人が集まりだして役人がかけつけて来た。

昌平橋を渡って八つ小路を抜けた。大伝馬町の通りには人が溢れていた。祭り気分の熱気が押し寄せてくる。旅姿の脚絆、草鞋が不快になる。大通りの店々の前には、桟敷が設けられ、料理や酒が出て祭り気分をいやがうえにも盛り立てていた。太物問屋の前の桟敷は金屏風が立てまわされて御殿のようだ。その金屏風の前に奇妙な人物がいた。顔を陽をはじくほど白く塗り、身に着けているのは小袖の上に鴇《とき》色の打掛。御殿女中に見えたが、まわりのささやく声を聞くと、駿《する》河台《がだい》の殿様のようだ。

「色狂い」

という声も聞こえた。が、その奇妙な白塗りの男はそんな声をなんと思うのか、ゆるぎもせず、次々と通り過ぎる行列を見ている。ことに付祭りの舞台が通ると身を乗り出した。

沿道には警固の役人が目を光らせていた。長居は無用だ。その場を後にしたが白塗りの男の記憶は深く胸に刻まれた。

東堀留川の親父橋の袂の杭に、水死体がひっかかっていたのを見つけて自身番に届けでたのは照降り町の下駄屋の旦那だった。

町木戸が開けられたばかりの刻限で、番屋にいた泊まりの町役人が眠い目で応対にでた。すぐさま番所に連絡がいき、横地作之進も亀次郎、田茂三を伴いかけつけた。

検死の役人も出てきて、あたりは人口の密集したところでやじうまが時間を追うごとに増えていった。

「旦那、斬られてます」

「首をやられたな」

左の首、ちょうど肩の付け根の上あたりから、ななめにぱっくりと口があいていた。夥しい出血があったのだろうが、水につかって傷口は白っぽくなっていた。

検死がすむと莚につつんで自身番にはこんだ。手回しよく下役が大八車を用意していた。

「足も汚れていないし、着物もすれたり、切れたりしてませんね。髭《ひげ》もきれいにあたってある。どこかのお店《たな》ものでしょうが、そう遠いところに住んじゃいないと思いますが」

田茂三がいうのを聞きながら横地作之進はまだ水に濡れている死体をじっとみていた。

「歳のころは四十くらいですか」

仏には刺青も、目立った傷などもなかった。やや浅黒い肌をしていたが、生を閉じたので白茶けたようなくすんだ色をしていた。

「身元はどうかな」

「紙入れがあります。中身は二朱と銭が少々です」

「おっつけ書役が来て、近所の者だったらすぐにわかるだろう。大家か名主に確認してもいいし」

人別の帳面をつけるのが仕事のひとつである自身番の書役は町の人間のことはよく知っている。

予想どおり、自身番に出勤してきた書役の嘉六は、莚に包まれてよこたわっているおとこは播磨屋の番頭の卯吉だといった。歳は四十一。やっと通いになってこれから嫁とりだということだった。

播磨屋というのは人形町通りで酒の小売もする立ち飲みの小さな飲み屋だったが、いつのまにか船人足が多くあつまる河岸際に、同じような店をいくつも持つようになった。それがうまくいくようになると、株を買ったり土地の沽券をあさるような、分限者だという評判であった。

「そういう店の番頭が首を斬られて川に浮いていた」

横地作之進は田茂三に謎かけるようにつぶやく。

「探ってみましょう」

田茂三が深川の八咫の鉄五郎を訪ねて、辰巳芸者の粂次から話を聞いて、本所までいったことを横地作之進に報告したのは昨日のことだ。

「旦那、本所までいってきました。どうもやられたのは弁天御旅のようです。それで弁天は大村、御旅は三つ目屋がやられました。大村が四人、三つ目屋が六人。茶屋は御旅の籠屋の主が縄をかけられたそうです」

大筋、そんなことを告げたが、今日になってそっちのほうはしばらく考えさせてくれと横地作之進は言った。いずれにしてもこっちの一件に忙殺されるだろうと田茂三は腹をかためた。

呼び出されてあわてて自身番にかけつけた播磨屋の主人角兵衛は、額に皺が多く唇は褪色した木通《あけび》のようだった。

「番頭の卯吉さんに間違いないかい」

「間違いございません」

角兵衛は額の汗を手拭でぬぐいながら、傍らにつきそった手代にも同意を求めるように言った。

「卯吉さんは昨日はお店で」

「はい、平右衛門町のお店をまかせていますのでそちらで遅くまで働いていたと思います。わたしは人形町におりますので、顔をあわせるのは前の日の売り上げなどの確認などをかねて、翌日の朝五つ半（午前九時）にしてあります。今日もその予定でしたが」

「卯吉さんに変わったことは」

「さあ。通いになってこれからという時でした。無念なことです」

角兵衛は肩をおとした。

「首を斬られているので、一撃でやられたみたいだ。ちょっと尋常な死に方じゃないんだがね、思いあたることのひとつやふたつないかい」

角兵衛は、手に数珠を握りしめて、くくっと嗚咽《おえつ》をもらした。

「店の中で誰かと揉《も》めていたなんてことは」

「滅相もありません」

「ないのかい」

「これまでそうしたことは一度もございません」

「そうかい。卯吉さんはどんな仕事をしてなすった」

「任せているお店のいっさいは卯吉がやっておりました」

「客とのいざこざはあるだろう」

田茂三は嵩にかかって責め立てるが、角兵衛も並の出来星ではない。

「それはどこの店でもございますでしょう」

「卯吉さんにはおんなはいたかい」

「わたしの耳にははいっておりませんが、いてもおかしくありません」

「そっちのほうの遊びは」

「お店をまかせられるようなおとこですから節度はあったと思います」

「そうか。卯吉さんが殺されるようなわけは播磨屋さんにはとんとわかりかねる、ということだな」

「恐れ入ります」

田茂三は頭をさげる角兵衛の肩のあたりの厚みをじっとみていた。

「手間をとらせたな。また話をきかせてもらうことになるだろうが、気がついたことがあったら知らせてくれ。成仏させてやりたいからな」

「ありがとうございます。のちほど準備してひきとらせていただきます」

角兵衛はそういいおいて自身番をでていった。

「旦那、どうです」

「あれじゃ、さっぱりだな。親分とこの者をつかって細かいところを探ってくれ。卯吉ってのも人違いで斬られたわけじゃないだろう」

さっそく田茂三は手先の完次と栄蔵を呼んで、播磨屋および卯吉について探索にとりかからせた。あちこちに散らばっている下っ引にも声をかけさせた。下っ引には棒手振り、ごみ拾い、店番など市井にまぎれて暮らしているものが大勢いた。

その日、手先の栄蔵が平右衛門町の播磨屋をのぞいたが店はしまっていた。それで翌日に陽が落ちる前に行ってみると店は河岸で働くおとこたちで溢れていた。

豆腐に味噌をつけた田楽などを肴に、茶碗酒を飲んでいる者が多かった。

店先はおとこたちの汗くさい体臭に包まれ、太い声があちこちで交錯して独特な空間をかもしていた。

もう新しい番頭のもとで、店は何事もなかったかのように賑わっている。

栄蔵も酒は嫌いなくちではないので店先のいっかくに突っ立って茶碗酒を注文した。

「おまちっ」

「ありがとうよ。今日は卯吉さんは休みかい」

「……」

「見当たらないが、ちょっと話があるんだが」

「お知り合いですか」

「ま、そんなもんだ」

前髪を切ったばかりのような小僧は不審げな面持ちで奥へかけこんでしまった。

「ちぇっ」

栄蔵は塩をなめて空きっ腹に酒を流し込んだ。

客種はこうした店にありがちな者ばかりである。おかしな人間もいない。ひとりで飲んでるのはどこかの隠居か金のなさそうな浪人ものばかりだ。おんな客はいない。

「もし」

「……」

「店をあずかっています番頭の久七です」

「卯吉さんは」

「いません」

「いません、てどうした、病気かい」

「お客さんはどうして卯吉さんを」

「いや、忙しいところ悪く思わないでくれ。じつは坂本町の田茂三親分のところの者だ。きのう卯吉さんがとんだことになったろう。それで来てみたんだ。繁盛してるようだな」

「おかげさまで。卯吉さんもお店のことは楽しみにしてたようです。こんなことになって口惜しいと思います」

「卯吉さんとは仲がいいのかい」

「わたしより兄貴分ですから若いころは遊んでもらいました」

「面倒見はいいんだな」

「そうです」

「金払いもさっと江戸っ子らしくか」

「おっしゃる通りで」

「へえ、じゃおんなにももてただろうね」

久七はかすかに笑ったがうなずいたようだ。

「卯吉さんが残酷にころされるようなことに思いあたることはないかい」

久七は答えなかった。

店はますますたてこんできてこれ以上久七をひきとめておくのは無理だった。栄蔵は礼を述べてまた話をきかせてくれと言って久七を解放した。

茶碗に残った酒を一気に飲んで、栄蔵は卯吉の住んでいた橘町一丁目の蝙蝠店の大家に会おうと、勘定をすませて店を出た。

橘町は通塩町の裏手、浜町堀の千鳥橋の東側にあった。卯吉の店からは浅草御門をぬけてさほどの時間を要さなかった。


一方、手先の完次は卯吉が親父橋で無惨な姿になるまでの足取りを探ろうと人形町から芝居町、葭町あたりを下っ引の飴やの康祐と聞きまわった。

検死役の与力の話では、卯吉は九つ（午前零時）をまわった頃に斬られて流されたのではないかということだ。どこで川に嵌められたか。東堀留川は日本橋川につながる流れのゆるい川だ。死体が発見されるまで長い時間水につかっていたはずだ。この季節は水も温んできている。

死体には鳥や魚がつついたあともなく、船の櫂などによる傷もなかった。

「どこかで必ず卯吉とそいつはいっしょにいたはずだ。それを誰かが見なかったわけはないぞ。

ここいらあたりは人の多いところだ」

完次は自分を励ました。

飴やの康祐は祭礼のあるところ、人出の多いところで商売をする。このあたりも稲荷が多いのでよく歩きまわっている。

「卯吉はあの日、夜の四つ（午後十時）過ぎに店をでている。店のある平右衛門町からまっすぐ家のある橘町に帰らなかったのか。死体は平右衛門町からみれば橘町よりずいぶん先の親父橋で見つかったのだからな」

「誰かと待ち合わせたということですか」

「偶然なのか、約束があったのか。いずれにしても誰かと会った。あるいは卯吉は知らぬ間につけられていて突然ばっさり……」

ふたりはいっしょになって聞き込んだり、ひとりひとり手分けして聞き込んだりしてその日、暮れ方まで足を棒にした。


夜になって田茂三の家に栄蔵と完次がもどってきた。

田茂三は坂本町に娘のおこのと二人で住んでいた。手先などはしじゅう出入りするが泊まりこんでいる者などはいない。

「何かわかったか」

「あっしのほうは平右衛門町の店から橘町の長屋にまわりました。殺された卯吉は橘町に移ってきてから日が浅いようで、大家も卯吉の関係する人間をあまり知らないようでした。ただ侍が卯吉を訪ねてきたことがあったと、隣りに住む建具職の女房がいってました」

「侍？　お武家か」

「立派な身なりだったそうです」

「飲み屋の番頭にお武家は妙な取り合わせだな。わざわざ長屋を訪ねてくるということは何かの縁で知り合いか、ものを頼みにきたか。お武家が来たというのはいつのことだい」

「女房の記憶があいまいでして、ただ四、五日前ではあるとは言ってました」

「ほかには」

「今日のところは」

「完次のほうはどうだ」

田茂三はおこのを呼んで酒の支度を頼んだ。

「康祐と芝居町を中心に探ってきました。卯吉は四つ過ぎに店をでてますが、卯吉が誰かと一緒にいたところを見たものがあらわれません。ところが杉森新道の老舗菓匠伊勢屋藤七郎の旦那がおかしなことをいいだしました」

「それは」

「伊勢屋は卯吉のことは知らなかったのですが、卯吉といた男のほうを知っていたらしいんで」

「ほう」

「伊勢屋は声をかけようとしたようですが、夜目にも二人が深刻そうな様子に見えたので二の足踏んだそうです」

「その相手はいったい誰だい」

「室町の越前屋さんの番頭さんで謡の仲間だそうです」

「伊勢屋の旦那は卯吉のことは知らないと言ったな」

「あっしが卯吉の様子を話しましたんで、それなら越前屋さんの番頭と一緒に居た人だというんです」

「刻限は」

「九つ、ちょっと前ということです」

「まさか越前屋の番頭は卯吉の首は斬れないな。とすればその後誰かに襲われたことになるな」

「残念ながら今日のところはそれの目撃者にはいきあたりませんでした」

「いや、よく動いてくれた。すこしは手札が揃ってきた。あとは明日からだ」

頃よくおこのが酒の膳を運んできた。

栄蔵も完次も独り者なので、飲み食いは田茂三が面倒みなければならない。月々の手当ても小遣い程度だが二人にはそれなりに渡している。そうしないと性質の悪い手先などは町人などをおどしたり、しつこくつきまとって金をせびったりするのである。

栄蔵や完次にはそうしたこともなく田茂三のもとでもう五年以上働いていた。

栄蔵は二十八で完次より四つも下だが田茂三に世話になったのは完次より三年も早い。もともと香具師の手伝いをしていたが、田茂三を親分、親分と慕ってきたので面倒をみることになった。その頃は飯もまともに食べてなかったのか、細い体をしていたがいまは下っ引の何人にも顔がきく、押し出しのいい男前になっていた。

完次は食えなくなって、米沢から江戸に出てきた男で、悪擦れの無宿者になけなしの金を奪われかけていたのを、田茂三が偶然みつけて救ったのが縁であった。

手先には不向きな人物だが、むしろそうした人間のほうがいい結果を生むことがあってその地を這うような探索ぶりが、いまは完次の持ち味になってきていた。それにともなって勘働きも独特のものが備わってきて悪くない。

「完次、康祐は帰したのか」

田茂三が思い出したように飴やの康祐の名前をだした。

「残しておけばよかったですか」

「いや、たまたま康祐の好きな鯛の兜焼きをおこのが用意したからな。そらあ、悪いことをした。わかっていれば無理にでも座らせたのにな。おまえさんからよろしくいっておいてくれ」

三人の前には茶碗酒の肴に不釣合いのほどの鯛の兜焼きが、焦げ目もうまそうにならんでいた。さきほどからいい匂いをさせていたのはこれだったか、と栄蔵は空きっ腹をそっとなでた。

おこのは料理もうまいし、針仕事はもちろん、家の中、外小奇麗にし、やり繰りなどもいっさい田茂三を煩わせることがない。そのぶんおとこ出入りには淡白で浮いた噂ひとつない。

おこのも十九の娘盛りなのでそこらあたりは田茂三も気にならないことはない。

母親が病を得てなくなってからは田茂三も幾人かのおんなを家に引き込んだがそれぞれ長続きがせず、やむなく変形してしまった車輪のように滑らかには転がらないが、なんとか父娘ふたりで、おっかなびっくりここまでやってきたのがほんとうのところだった。

（横地の旦那の妹お千代さんの婿さんも探さなきゃならないし、おこのにもいい旦那を見つけてやらないと。なんだってこうもおれの前には探しものや、見つけものばかりがとおせんぼしてるんだ）

田茂三は頭をふって、もろもろをふりはらって箸の先を、鯛の白くなった目玉に突き刺し、ぬるっとしたものまでまとめて、いっきに口のなかにほうりこんで酒を含んだ。

玄妙な味が口中でひろがり、なぜか涙がでた。

「親分、どうしました」

「うまいもんだなあ。どうだおまえたちも目玉を食ってみろ」

「親分、目玉ばっかりくってると額んとこにもうひとつ目ん玉ができますよ」

「あはは、そりゃいい。探索にはさぞかし効き目があるだろう。あはは」

ひとしきりつまらぬことを話しながら明日からの探索の話になった。

「伊勢屋の旦那がいってた越前屋の番頭というのは室町の質屋だな」

「へい」

「番頭同士でなにか寄り合いでもあるかな。あるいは仕事を離れた縁故があるとか。いずれにしても真夜中に深刻な顔をつき合わせていたというのはただごとじゃない。そこらあたりを明日はつついてみろ」

完次は返事の変わりに田茂三にむかって頭をさげた。

「栄蔵のほうは侍だが、こっちはちと厄介だな。とりあえずもうすこし播磨屋を探ってくれ」

「わかりました。ところで親分、深川のほうはどうなりました」

「あれか。おれも弱ってるんだ。あの一件には相当な裏があるのは間違いないんだが横地の旦那から棚上げをくらってるんだ」

「なぜです」

「どうも番所うちのことってこともあるので、みょうに藪をつつきまわしたくないことになったんだ。しばらく日和見だとよ」

「それにしたって捕まったおんなもいるんでしょ。商売にさしつかえる店もあるでしょう」

「そらな」

「だったらこっちもやりましょうよ」

「しかし、横地の旦那のお達しに従わないとな。俺も頭のすみっこにはたたきこんであるからいつでもこっちが片付けばとりかかれるさ。栄蔵、おまえもその時がくるまでよおく頭にいいきかせておけよ」

「承知しました」

田茂三はいつものように仕事の段取りをつけてやっと一日が終わった気がした。しかし、栄蔵と完次の二人を帰してからも床につくまで絡みつく糸をほぐすのに頭を悩ませていた。

四

目覚めのよい田茂三は、明けの七つ半（午前五時）には床を離れ、肩に手ぬぐいをのせ井戸で顔を洗い、簡単に口を漱いだ。それからまだ明け初《そ》めぬ空にむかって大きくからだをのばした。家に入って神棚に灯明をともし、新しい水をそなえて手をあわせた。

おこのはまだ寝ている。

田茂三は横地作之進によばれていて、今日は引き合い茶屋の室田屋に行く前に八丁堀まで行くことになっていた。

おこのが用意した洗い立ての股引をはいて家をでた。

片開きの木戸門を入って訪ないをいれると、

「おーい、こっちへ回れ」

横地作之進の声がした。

「飯はまだだろう。いっしょに食べながら話そう」

お茶を一杯飲んでから横地作之進は田茂三をみた。

「昨日、卯吉の長屋をあらためた。越して間もないようで何もない家だったが収穫がひとつあった」

「それは」

「想像がつくだろう」

「何かの書付けとか、文とかがありましたか」

「そうなんだ。米櫃の底にあった」

五丁の和紙が糸で綴じられたものを横地作之進は田茂三に見せた。

表には何も書かれていない。捲ってみると細い筆字の書付けが紙面を埋めていた。目立つのは数をあらわす文字である。しかし、きれいに書いてある割にはよく読み取れない文字が多い。

「これは何かの覚書ですか。数をあらわす文字が多いようにみえますが」

「そうだ」

「卯吉のものですか」

「播磨屋で卯吉の書いたものをみせてもらったが、たぶん卯吉の字に間違いない」

「播磨屋でこれは」

「無論見せないさ」

「しかし、これが覚書なら原簿はどうなんですか」

「その疑問はあるが、まあざっと最後まで見てくれ」

「一文字漢字があって何字か空いてそのあとに百とか八十とか。大きいのは三百五十とかありますね」

「最後のほうはどうだ」

「えー、鳳　七十。馬　五十。宮　百二十。丸　百。栄　五十。黒　四十。……」

「数は何かの取引の数だろうな。それが頭か匹か個か反か……。しかし卯吉の商売からして文とか銭とか匁だろう。もしかして両かもしれない。なんといっても米櫃の底に隠してあったからな。しかも殺されたとあってはいくらなんでも文や銭の出る幕はないだろう。となれば両だ。両となれば人死にもでるな。しかし、漢字一文字がわからない」

「もし、両とすれば鳳七十は鳳七十両、馬五十は馬五十両ですね」

「それだとすると？」

「鳳に七十両で何かを売った、あるいは鳳から買った。しかし、卯吉の商売からみてこの金額はないですね。しかも米櫃に隠すほどのものじゃないですし」

「そうか。卯吉は播磨屋の帳簿に載せにくい裏の商いをやってたということになるか。となれば」

「そうです、旦那。これは貸付金ですよ」

「鳳に七十両か。馬に五十両。相当な数になるな。もし貸付金としたらすべてでいくらになる。卯吉はこの金をどこから持ってきたかになるぞ。播磨屋が全部だしてるのか。それにしても大きいぞ」

「もし播磨屋の主人が承知でやっていたとすれば、卯吉がやっていた仕事を番頭のうちの誰かが引き継いでいますね」

「そういうことだな」

「平右衛門町の店を継いだ番頭久七ですか」

「それとなくさぐってみる必要があるな」

「漢字一文字ですね、問題は」

「貸付金なら店の名前だろう。店の名前の一文字で十分卯吉には仕分けがついたのじゃないかな」

「そうですね。しかし、江戸中どれだけのお店があることか。川原で小石を見つけるようですよ」

「これは聞き込んであたりをつけるしかないな。まあ、それで朝っぱらから親分に出向いてもらったんだ」

「わかりました。さっそく走り回ります。ところであっちのほうはなにか動きがありましたか」

「まだ誰も尻尾をださない。やはりすこし川底の泥をかきまわさないとだめかもしれないいな」

作之進は腕組みをし、首を傾げてそのまま目をつむってしまった。

田茂三はいそいで残りの食事をすませて、

「じゃ、あっしはこれで引き合いのほうへ。旦那は風呂へ？」

横地作之進のうなずくのを目の端にのこし同心の組屋敷をあとにした。

ちらっと横地作之進の妹の千代が田茂三を見送る姿が見えた。


室田屋でのいつもの仕事を終えて田茂三は親父橋そばの堀江町の自身番屋に行った。

卯吉が殺された日、卯吉といたところを伊勢屋藤七郎に見られたという越前屋の番頭信造を完次が自身番に連れてきていた。

番頭信造は伊勢町に家を借りていて、そこから三丁ほどの室町の越前屋に通っていた。

年のころは三十も終わりの頃。通いで妻子もある。顎の張った堅そうな面貌で鬢のあたりには白髪ものぞいていた。

「番頭さんは一昨日、播磨屋の卯吉さんに会ってましたね」

田茂三がのっけから直截にきくと、信造も予測していたかのごとく、

「はい」

と答えた。

「頃合いは？」

「九つを過ぎていたかと」

「そんな時間に」

「はい、卯吉さんは仕舞の時間が遅うございますのでどうしてもそんな時間になってしまいました」

「じゃ、約束して会ったということかい」

「そうです」

「何か急ぎの用事でも」

「ちょっと……」

「まずいことかい」

「いえ」

「じゃ、さっぱり言ったらどうだい。卯吉が酷い殺され方をしたのは知ってるだろう。まさか番頭さんが卯吉をやったんじゃないだろうね」

信造はあわてて頭と手をふって否定した。

「隠し事をするんだったら番頭さんをこのまま放免というわけにはいかないよ」

信造はみるみる表情をくもらせて落ち着きをなくした。

田茂三は薄い茶を飲みながら、親父橋を渡るひとの動きを見るともなく見ていた。

開け放たれた腰高障子から堀の風がはいってきて、狭い自身番屋の壁に張ってある大小暦をはためかせて裏木戸のほうへ抜けていった。

口を開いたのは信造のほうだった。

「あのう、親分。あの時、わたしは断りにまいりました」

「卯吉にかい」

「さようです。卯吉さんから五百両の用立てを依頼されておりましたが、お断りしたのです」

「ほう」

そういったきり田茂三はまた黙る。

いたたまらず信造は口をひらく。

「ちょっとこれ以上はおつきあいできかねますと伝えたわけです」

「ふーん。卯吉はなんと」

「ここで引き揚げていいのですか、と」

「つまり番頭さんは越前屋の金を卯吉に回していたと。それを元手に卯吉はうまみのあるところに貸し付けていたということだね」

「どこに貸し付けていたかは詳しくは存じません。わたしどもは約定の利息をいただければ結構なわけですから」

「それでうまくいってたのだろう。なぜ五百両を出し渋ったのです」

「ほかにも資金を回さねばなりませんし、卯吉さんのところばかりに深入りするのも危険だと考えたわけです。卯吉さんは、お借りしてる分の利息はきちんとするが、元金はすぐ返せといわれても断るといいました」

「越前屋さんはそれでいいと」

「いいえ、一年後には元金も回収したいとはっきりいいました。資金の運用を見直したいと主が申しますのでそうしているわけです」

「主と言うと」

「越前屋又右衛門でございます」

「はあ、大行事の。それならわかりますよ。いつまでもあぶない貸付は看板に傷がつきますものね」

「いや、そういうわけでは」

信造は額に汗までうかべていまにも泣き出さんばかりだった。

こんなことを自身番でぺらぺらしゃべるのは番頭失格である。もっと言い逃れる手はなかったのか、信造は肝っ玉の小さい自分が情けなかった。

「卯吉さんがどんなところに金を使っていたかわかることがあったらいつでもあっしのところに知らせてください。悪いようにはしません」

田茂三はしつこく粘るのをやめてそのまま信造を解放してやった。

越前屋は老舗の質屋だから、そうそう阿漕なことはできない。しかし、播磨屋角兵衛のところはそうはいかないだろうと、田茂三が揣摩憶測するに難くない。

(卯吉が死んだ以上、だれをたたいたら張本人にたどりつくことができるか。さて……)

田茂三はまたぼんやりと親父橋を行きかう人を見ていた。

振袖を着た娘が年増のお歯黒と橋を照降町から葭町にわたっていく。

「おや」

田茂三はその娘をぼんやり見ていて急に今日の引き合いでのことを思いだしていた。

泥亀の呆助親分がこんなことを言っていたのだ。

「二腰《ふたこし》の、昨日でた品触れ知ってるかい?」

ここでは田茂三はよく二腰の田茂三親分で〝二腰の〟の冠で呼ばれていた。粘り強い探索ぶりをいう意味合いのようだ。

「いや気にしてなかったが」

「置主がすぐとっ捕まったようだぜ」

「それは早い捕り物だ。その質物はなんだ」

「自惚鏡《うぬぼれかがみ》だ。ただ裏面は総金無垢というとんでもねえ代物だ。あれじゃ触れをだされちゃ、すぐにも御用だ。まったく頓馬な野郎もあったもんだ」

「それはどんなやつだ」

「橋町の長屋もんよ。またご丁寧に名前も居どころも名乗ったところがとんだ抜け作だ。長屋もんがそんなものを持ってるわけがねえ。それにしてもその物を拝みたかったな。相当なもんだぜ。いくら借り出したのか」

そのやりとりをぼおっと思い出していた。

「そうか、それだ。完次、橋町だ」

田茂三は胸にひっかかっていたのがそれだとやっと飲み込めたのだ。

（橋町は殺された卯吉の長屋だ。こいつはきっと何かある）

そう直感した田茂三は完次にわけもいわずに走り出した。

汗もあまりかかずに橋町についた田茂三は、蝙蝠長屋の木戸を入ったすぐそばに住む大家の戸をたたいた。

「大家さん、坂本町の田茂三だが、ちょっと話を聞かせてくれませんか」

大家は出かける支度をしていた。

「取り込み中で親分の話を聞いてる暇はないですよ」

「いや、その取り込み中に関したことなんだ」

「じゃ、大番屋まで歩きながら話しましょう」

「恩にきます」

大番屋は市中に七箇所あった。大きいところでは、本材木町の三四の番屋と茅場町の大番屋だが坂本町とか松屋町とか神田塗師町代地とか、八丁堀の組屋敷のまわりに散在していた。それも役人の吟味取調べの便を考えてのことと思われる。

大家の由郎衛門は三四の番屋に呼び出されているといった。

三人は人が振り返るほどの気ぜわしさで道を急ぐ。そうしながら口を動かすので妙に話が上滑りする。

「番屋に繋がれてるのは長屋の誰です」

「才取りの与十です」

「才取り？」

「工事場で梯子の上にいるものに捏ねた泥などを渡す仕事だそうです」

「その才取りがどうして捕まる破目に」

「八つになる息子が長屋の前で鏡を拾ったのが、ある意味運のつきだ。息子は親の苦労を知ってる孝行息子で、朝っぱらから浅蜊売りに出てるような子でな、一昨日の朝、その鏡を拾って与十に渡したのだが、与十は自身番に届けるといって、その日のうちに質屋に持っていってしまったようだ。女房もてっきり自身番に届けられていたとばかり思っていたが、昨日になって突然役人が来て、連れていかれたので嘆くこと悲しむこと尋常じゃなかったのだ。わしもまさか与十があれほど愚かものとは知らなかった」

「与十には借金があったのだろうな」

「それは多少はあったでしょうが」

「盗難を届け出た者は？」

「これから大番屋に行ってみないことには」

「その息子が長屋の前で拾ったというのは間違いないかい」

「とにかく孝行息子で嘘をつくような子じゃありません」

「とすると、よもや長屋の人間でそんな品を持っているものはいないな」

「あたりまえですよ」

「それなら長屋の誰かがどこからか盗んできたのを何かのはずみで落としてしまった。あるいは長屋を訪ねて来ただれかが落としてしまったということが考えられるな」

「そうですね。いずれにしましてもその鏡の持ち主がわかれば事ははっきりいたします」

大家の由郎衛門はそれっきり黙ってしまった。

三人はもう江戸橋の袂まできていた。橋を渡って本材木町をまっすぐいくと新場橋の先が三四の大番屋である。

田茂三は大番屋に由郎衛門を送り届けるかっこうになった。それでついでに取調べの掛《かかり》の旦那によってはもうすこし詳しいことを聞いておきたいと思った。

田茂三もしょっちゅうここにはきているので詰めている下役人とは顔なじみである。

そのなかのひとりを手招きして探りをいれた。こういう時のために折をみては小遣い銭を握らせている。

「与十というのはあれかい」

「そうです」

板壁に打ち付けられた環に通した縄の端が、与十の浅黒い腕を縛り付けていた。

「掛《かかり》の与力は」

「近藤さんです」

「廻り方は」

「柴本さんが」

「岡っ引の親分は」

「難波の濱吉親分」

「難波のか」

田茂三は引き合いで難波の濱吉には貸しがある。

「物の持ち主、届け人についてはどうか」

「ちょっと」

「わからないか。いやすまなかった」

田茂三は鼻紙にさっと小粒をつつんでおとこに渡した。

「最後にひとつ。頃合いを見て濱吉親分をそこの茶屋までよんでくれないか。しばらく待ってるからな」

大番屋の並びに吟味に疲れると田茂三たちが息抜きにつかう茶屋がある。田茂三はそこで濱吉を待つことにした。

吟味に手間取るほどの話ではない。しかし、与十にとっては首も飛ぶかもしれない一件である。田茂三はちらっと与十の顔をみたが、頭の回転はよさげには見えなかった。浅蜊売りの息子が鏡をつまみあげた手、見たわけもない少年の手が、田茂三の頭のなかをぐるぐるとまわりだした。


半刻ほどして難波の濱吉が猪首に赤黒い顔をのせて田茂三がいる茶屋にやってきた。

「難波の、取り込み中すまんな」

「いや心配にはおよばねえよ。簡単なやまだ」

「そうかい。おおかたはあそこの大家に聞いたんだが、その与十というのが拾得物をそのまま質入したってのは間違いないいんだな」

「そうだが」

「落とし主はどんな奴だい」

「待ってくれ、二腰の。おれに何がききたいんだ。それになんだってこの件にくちばしを入れるんだ。おまえさんには義理があるからすべて教えるのはかまわねえが、訳のすこしでも言ってくれなきゃ気持ちが悪い。そうだろう」

「それはおれが悪かった」

田茂三は素直に頭をさげ、ここにいたるまでを手短に話した。濱吉はあっさりと了解した。顔は強面《こわもて》だが神経も頭の中味も細やかにできているおとこだ。

「それならこの一件は横地の旦那と二腰ので扱ったらいいな。こっちは近藤さんも柴本さんもそこまでのことは知らなかったから、この件にはまったく興味をなくしてな。すぐ伝馬町送りだ。しかし、ちょっと罪は重いぜ」

「それだ。子供がかわいそうでな。女房も半狂乱でな。なんとかならないかと思ってるんだ」

「厳しいな。あれは五両もするようなもんだぜ。うまくいけば過料ですむが、ことによっちゃ島流しだってある」

「遠島か。それなら生きて帰れる保証はないな」

「そうよ。島につくまでにくたばるやつが多いらしいからな。しかも金も持たないやつじゃ島に着いたらすぐに行き倒れだ。どっちみち助からねえ」

「それでその鏡の持ち主は」

「旗本のお姫様だ」

「えっ」

田茂三は驚いて喉が詰まった。

「用人がそう届けでたそうだ」

「そうか、それでわかった。近藤さんも柴本さんも直参がでてきたんで急にやる気をなくしたんだな」

「さあな」

「だとしても、どうもおかしなことになるな。なんだってお姫様の自惚鏡がぼろ長屋の路地に落ちているかだ。そこがうまく説明がつかないと、鏡がほんとうにお女中のものかどうかも、疑わしいことになりはしないか」

「いや、あんな鏡はふたつとないからその心配はないんだが、念のためどこで買ったかも確認してある。それで間違いはないんだ」

「それなら大略はいいんだろうが、失くしたのか盗られたのかは問題になるな。お姫様は間違ってもそんなぼろ長屋に行くわけないからな。しかし息子は長屋の路地で拾ったと言っている。もし、坊主が言ってることが正しいなら、お姫様は長屋に行っているか、さもなくばお姫様から鏡を盗んだものが、長屋に行って落とした、あるいは鏡を盗んだものがなんらかの意図でわざとあの長屋に鏡を捨てた。まずはそんなことが考えられねえか」

「二腰のおめえさんの言うとおりだ。しかし、もう鏡が持ち主にもどり置主も捕まり、これ以上ごちゃごちゃ言っても始まらねえんだ。損するのは越前屋だけだ」

「越前屋！　難波の、扱ったのは室町の越前屋かい」

「言わなかったか」

「驚いたぜ。与十は見た目も貧乏臭いなりをしてるし、そんなおとこがひょいと五両もするような品を持ち込んだら、まず盗品かと思って相手にしないのが本筋だろう」

「しかし、身元も人別にのってるのだし問題はないだろう。与十が質物を入れたすぐあとに品触れがでたからほんの僅かのあいだで与十は金を手にしたんだ」

「請け人の判は誰がついている」

「同じ長屋の辰吉という爺さんだ。箱師だが、病気がちで外にもでないらしい」

「まったく底の抜けた話だな。形だけつくろえばいいと思ってやがる。ところで与十はいくら手にしたのだ」

「一両三分」

「少なくないか」

「それ以上だと利息も払えないし流れるだけだ。野郎にしちゃ一両三分じゃ初めから流す気でいるとしか思えないがな」

濱吉もこの件は早く店じまいにしたいようだった。ただ、聞けば聞くほど田茂三の頭には暗雲が広がっていくばかりだった。

五

濱吉の言ったとおり与十の一件も横地作之進が受け持つことになった。

亀島町の蕎麦屋で横地作之進は田茂三と会った。

「殺された卯吉の部屋だが、誰か家探しした様子があったようだ。このあいだ家をあらためた時はわからなかったのだが、親分の話を聞いているうちに誰かが家にあがったのは間違いないと思えてきた」

「じゃ、卯吉を殺してから家探しをした人物がいると」

「張本人かその仲間なのかわからないけど。以前、長屋の女房が侍を見たといっていたろう。それも関係しているのかもしれない」

「鏡を息子が見つけたのは卯吉が殺された夜中のすぐ明けた朝早くです。そしてその日のうちに与十は質に入れてしまった。そして翌日には捕まってしまった。ということは盗難届けはよっぽど早かったわけですね。そして鏡はあの長屋の路地に落ちていた。つまり、卯吉を殺したその足で長屋に向かって、家探しをした人物が鏡の持ち主、とこういうことになりますね」

「しかし、持ち主としてあらわれたのは旗本のお姫様、まあ、その用人というわけだ」

「困りましたね」

「うん」

小女がお茶と漬物をふたりの前においていった。昼にはまだ間がある。

「その用人は洗えますか」

「調べてきた」

「どちらの」

「駿河台の松浪剛之助、三千四百石」

「へえ。驚きました」

「ふふ、厄介なことだろう」

「どうも脛毛の濃さそうなお姫様ですね」

「とんだ食わせものさ。まあ、誰のものとしても奴らがそいつを落としたことは間違いないだろうけれど」

「そして卯吉殺しの犯人だというわけですね。しかし、犯人ならば卯吉の長屋あたりでうろうろしたのが露見しちゃまずいんじゃないですか」

「まさか蝙蝠長屋の子供が見つけると思わなかったのじゃないか。他の場所で落としたとか安直に考えたのかもしれない。それと失くして捨て置くことはできない事情の代物なのかもしれないよ。手元にないことが判明して間髪いれずに届け出たところをみるとよほどあわてたのだろう」

「さいですね」

「さて、親分どうしよう」

二人が思案投げ首をし、横地作之進が首をもみながら顔をあげた先に、昼の光をさえぎって大きな影がおちた。

「十兵衛どの！」

「やあ、ご両人」

「突然、驚かさないでください。今日は用心棒のほうは」

「待機部屋です」

「暇そうですね」

「どうして悩ましそうにしているのだ」

「聞いてくれるのですか」

「聞くだけなら聞かないこともないが」

「じゃ、聞いてください」

小女が十兵衛の茶をもってきて、ちらっと横地作之進に流し目をくれた。

横地作之進は播磨屋の番頭卯吉が惨殺されたことから与十が捕まったことまで話した。

「どう思います」

「先月、怪動があったという噂を耳にしたけれど」

十兵衛が思わぬことをいったので横地作之進と田茂三は目を瞠った。

「知っているんですか」

「櫓下の夜鷹に聞いたのだが」

「へえ、とんでもないお方だ。夜鷹まで知り合いがいるとは」

「吉原ではなんのちょっかいもこのたびは出していないそうだぞ。それでちょろちょろと鼠の何匹かを捕まえてこられても困るみたいだ。それでなくたって岡場所に手が入りゃ恨みをかうのはお上と吉原だ。人気商売の吉原にとって岡場所に商売のじゃまをされるのは許しがたいが、瓢客の不人気になることもおそれるところなんだそうだ」

「へえ、そういうものですか」

「それより捕まえた女郎を放免したほうがいい。怪動などなにもなかったようにして毒虫だけ見つけて踏み潰してしまうほうがいい」

「……」

「蕎麦を食おう。蕎麦を食べにきたのだった」

小女をよんで蕎麦切りを三人前頼んだ。

「与十を助けてあげたいんですが。浅蜊売りの息子がかわいそうで見ておられねぇんです」

田茂三はずっとそのことが気になっていて、早くこの一件に決着をつけなければと焦っている。

与十の吟味がすすみ手遅れになってしまう。

「その用人をひっぱりだすしかないだろう。こいつはきっとなにかを握っているからまたうろちょろする」

「旗本相手だと厄介きわまりないですよ。うちの与力も弱腰になりますし、朱房の十手も泣くというもんです」

「まあ、厄介にしてもそれなりにやりようもあるさ」

如月十兵衛はさして成算があったわけではないがふたりを前にしてそんなことを言ってしまった手前、ときには後悔もするのだが、いつものことでこの事件に引き込まれることになってしまった。


黒雲に追われて神田川にかかる和泉橋を渡ったあたりから、ポツリときて藤堂家の上屋敷にかかったころには、大粒の雨が降り出してきた。

十兵衛は急ぎ足になってさる屋敷の長屋門の軒下に飛び込んだ。

ちょうどその時、道の反対側から男が二人、やはり長屋門の軒下に走りこんできた。

はあはあ荒い息の下でお互い顔を見合わせた。

「おや」

「これは」

「十兵衛様」

「来島どの」

旗本千五百石の白井左京の用人来島清吾《くるしませいご》が供の若党をつれていた。何度か桃春の徒歩鍼行で白井左京の屋敷に通ったことがあった。その縁で十兵衛は来島に会いにきたのだ。

急な夕立が奇しくも挨拶ぬきで二人をひきあわせた。

「ひどい降りになってきましたね」

今来た和泉橋の方を見ると家々も道も雨に煙ってかすんでいた。

白井左京の屋敷はあとほんの一丁ばかりのところだった。

「お主を訪ねようと出てきたのだが」

「わたしに何か御用でしたか」

「造作をかけてはすまないとは思ったのだが、お主に聞いたほうが早いかと思ってな」

しばらく雨はやみそうもない。若党は背負った荷物を降ろして、そこにしゃがみこんで降り続ける雨をみていた。

「松浪剛之助の用人をご存知か」

「松浪?」

「駿河台の」

「はあ、その用人なら存じてます。たしか代々松浪家の用人の家と思います」

「ほお、そんな御仁で」

十兵衛は意外な感じがした。

「用人も渡りなど様々ですが松浪家の用人野口杉江どのは間違いのないお人です。松浪家は御先手《おさきて》のお役で古い家格と聞いています」

「いまどきの旗本としては立派なお人なのですな。ところで松浪家には姫様はいますか」

「さあ、おられるような気も致しますがはっきりとは……。それがお知りになりたいのですか」

「できたらなのですが」

「帰りましたらすぐ調べてみます。それでよろしいですか」

「かたじけない」

十兵衛は松浪家の用人は、たたけばほこりがでてくるものとばかり思っていた。来島の話を聞くとあにはからんや、であった。しかし、蝙蝠長屋であのようなものを落とした人間、卯吉を殺したに違いない人間の代人となって出てきた用人野口杉江。当家のお姫様の自惚鏡だと嘘八百をならべて。そのお陰で親孝行の息子は長屋の前で拾ったのではなくどこからかお姫様の鏡を盗んできたのだろうと役人にこっぴどく責められたのだ。

浅蜊売りの息子は深く傷ついたろう。子供の言うことを頭から信じない大人に。息子の期待を裏切って質草にしてしまった情けない父親に。

野口杉江は脛毛の濃いお姫様、しかも平気で人殺しをする人間とかならず繋がっているはずだ。

十兵衛はその思いは消せないでいる。

三人は、少し小降りになってきたがまだ降り止まぬ雨をじっと見ていた。

西の空に稲光がはしり雷鳴が雨中に轟いた。

雨があがって十兵衛は本所八名川町の富蔵の長屋に向かっていた。

両国橋を渡るとき、浅草寺の鐘が夕の七つ半（午後五時）をつげた。一里ちょっとの道のりを十兵衛は苦もなく歩き、御船蔵と六間堀とに挟まれた富蔵の長屋についた。

腰高障子を開けようとしたとき、井戸のほうから桶に水を汲んで、声とともに富蔵がこっちにむかってきた。

「旦那ぁ」

「おっ、いま仕事から帰ったのか」

「ちょっと待ってください」

先に家に入ってさっとそこら中を片付けて富蔵は、

「旦那も足をお洗いなさい」

あっしも洗いますから、といま水を汲んできた桶を十兵衛のほうに押しやり、奥のほうから持ってきた乾いた手ぬぐいを十兵衛に渡した。それからまた井戸まで行って新しい水を汲んできて一日中木舞掻《こまいか》きで汚れた足を濯いだ。

「旦那、お待たせしました。しばらくでした」

「それほどでもないだろう」

富蔵は時間があれば、十兵衛の常宿、行徳河岸の船宿小張屋にしょっちゅうやってくる。言い訳はきまって「おれは旦那の口入屋だから責任がある」とこうである。

大筋は間違ってはいない。十兵衛に桃春の用心棒を斡旋してくれたのは紛れもなく富蔵だった。べつに用心棒になりたかったわけでもない十兵衛と、用心棒など必要としなかった桃春の縁を取り持ったのが〝俄か口入屋〟の富蔵だった。

今では桃春の徒歩鍼行に十兵衛は欠かせない用心棒となった。というのも老舗材木商弁柄屋茂左衛門が桃春の身の安全を考えて、桃春と千代だけの若い娘ふたりの鍼の往診を許さなかったのだ。

それは桃春と千代が暴漢に襲われた時だ。富蔵が十兵衛の見事な剣さばきを目のあたりにし、圧倒されて惚れこみ、盲目のおんな鍼医の用心棒に推挙したという経緯があった。

「ああ、さっぱりしたな」

顔やからだまで水でしぼった手ぬぐいで洗った十兵衛は、子供みたいな笑顔になって言った。

「よござんしたね」

「いや、なによりのごちそうだ。ところでお梅はまだいるかい」

「のぞいてきましょうか」

「すまんが、そうしてくれ」

身軽に腰をあげて、同じ長屋に住むお梅の家にいった富蔵は、まだ家でぐずぐずしていたお梅をつれてすぐにもどってきた。

「お梅姉さん、お稼ぎ前にすまないな」

「十兵衛の旦那、そんな遠慮はしっこなしですよ」

「よし、今日はお梅姉さんの仕舞《しまい》（買い切り、すべての支払いを持つ）をつけよう。そうとなれば富蔵酒を買ってきてくれ」

十兵衛は財布ごと富蔵にわたした。

「ええっ、旦那がわたしに仕舞を……。嬉しいね、吉原にいるときだったらどんなに幸せだったか」

「総花《そうばな》つけて長屋の連中にも楽しんでもらいたいが、今日のところはひそっとな。そのうちお梅ねえさんの顔をたてて河村十右衛門もびっくりするくらいの総花をつけてやるぞ」

「ひえっ、そんなことをなすっちゃ腰が抜けますよ」

「わはは、楽しみがひとつできた」

そこへ富蔵が帰ってきた。

「なに嬉しそうにしてるんです」

「ふふ、気になるか」

「旦那があたしをからかうんだよ」

「いや本気だとも。お梅姉さんに総花つけて長屋中でお祭騒ぎをやるんだ。いいだろう、富蔵」

「いいですね。いつやります」

「まあ、呑もう」

いつもの車座で茶碗酒がはじまった。

「なにかめでたいことがあったらやりたいな。それでお梅姉さんの夜鷹暮らしもおしまいだ」

「えっ、そういうことなんですか」

「そうだよ。病気になる前にもっと安気に生きたらいいさ」

「あたしはこれでも十分お気楽だけどさ。旦那からみたら不幸なおんなに見えるのかい」

「いや、お梅姉さんが頭のてっぺんから足の爪の先まで不幸とは思っていないが、世の中には姉さんの知らない幸せしか知らない人間がいて、どんな風に暮らしてるかほんの少しでも姉さんに味わってもらいたいな、と覚束ないことを考えているのさ」

「へええ、旦那はむずかしいことを考えているんだね。もっと自分のことばかり考えればいいのにさ。世の中の人はみんな自分の幸せを考えるだけで精一杯じゃないのかい」

「他人の幸せを考えてうろうろするのはいけないかい」

「そんなことはないけど、旦那は人さまが考えている幸せを知っているのかい」

「それは難問だ。考えを尽くし、人に添ってみてのち罷《や》むだ」

十兵衛はむなしくなってきた。

「あたしは人さまからとおく離れた不幸ものにみえるかい」

「いまはいいが、この先を考えれば姉さんは不幸の海で溺れたりはしやしないかい。夜鷹暮らしの大変さを知らないわけじゃないよ」

「あたしがそれでもいいと思ったらどうです。自分で稼ぎ、自由に、誰にもしばられず、迷惑もかけず生きていたら、どんなふうになろうがあたしは幸せだと思ったら」

「姉さんの生き方をそっと見守るよ。江戸の人は幸せなんだろうかねえ、姉さん」

「むずかしいことはわからないよ。でもあたしはこれでいいんですよ。山焼けの浅間の村から買われて江戸にきてやっと自由になって、なんてったって十兵衛の旦那みたいな人とこうして酒を飲めるなんて夢のようだよ。嬉しいね、旦那」

富蔵がお梅の茶碗になみなみと酒をつぐ。お梅の手がふるえて酒が古びた薄縁《うすべり》の上にこぼれる。

「えー、旦那の負けですね」

「富蔵、やっぱりそうか。お梅姉さんに幸せの味を知ってもらうのは無理か」

「無理ですね。お梅はこれで幸せですよ、これで。あっしはただお梅が呑みたいときにつきあって呑むだけです。こいつはそれで十分なんです。玄関のある家もきれいな着物もいらないんです。いっしょに呑んでくれる人がいりゃいいんです」

「そういうものかな」

十兵衛は富蔵が買ってきたいかの足を顔をひん曲げて齧りだす。

「お梅姉さん、今日は櫓下に行かないのかい」

「十兵衛の旦那の仕舞がはいったから休みにするよ、いいんでしょう旦那」

「かまわないよ」

　さきほどまで長屋では、夕餉の支度の声やら音がしていたが、急に静かになって空気も冷えてきた。しかし、三人は酒がまわって、からだはあたたかい。

「ところで姉さん、このあいだの怪動おぼえているだろう」

「ええ」

「あの後どうなったか聞いているかい」

「おかしいんだよ。いつもより捕り手の数がすくないうえ狙われたのが大村と三つ目屋だけ。ほかの店は警戒して、こどもたちを四つ目通りのさきの、こんにゃく橋あたりの知り合いの家に船で逃がしたんだけど、大村と三つ目屋だけが逃げ切れないこどもが捕まったというのさ。役所は初めから大村と三つ目屋を狙ったのじゃないかという噂で」

「茶屋の籠屋もやられたろう」

「そうだよ。それも籠屋だけでね」

「うん、なにかいわく因縁がありそうだな」

「こどもたちは吉原で三年のただ働きだけど籠屋は財産没収だよ。泣くに泣けないよ」

「十兵衛の旦那これはとんだ悪だくみが隠されてますぜ」

　富蔵が鼻をふくらませた。

「どういうことだろう」

「決まってますよ。背に腹をかえられない連中が悪さを仕掛けたに違いありません」

「お奉行を巻き込んでか」

「それはわかりませんが」

十兵衛は短くなったたいかの足を齧りながらふと伊勢屋の旦那と越前屋の番頭がなんの知り合いだったか気になった。

第三章　笠付けと自惚鏡《うぬぼれかがみ》

一

三つ又の中洲が埋め立てられて、かつてのさんざめきも大川の波とともに昔のこととなってしまったが、跡地からほど近い街裏にひっそりと料理屋が店を開いていた。

間口は狭いが奥に広い地所が開けていて桟瓦をのせた平屋が続いていた。入り口は表からと裏口もふたつほどあるような造りだった。

表からは籠に乗って店に入ってくるものが多く、裏口をのぞいてみると徒歩でくるものがほとんどだった。それぞれの人体《じんてい》には服装といい物腰といいずいぶんな隔たりがあった。

部屋の四隅には煌々と百目蝋燭がともり、昼のようなあかるさだ。部屋は二十畳ほどの広さで掛け軸のさがった床の間があり、隣りの部屋とのしきりには松に鶴を配した襖がはめてあった。

部屋には二十四、五人ほどの人が四角になって互いの顔が見える形で座っていた。

それぞれの前には短冊らしいものと筆墨がおかれていた。

商家の旦那や番頭、隠居。留守居役や無役の旗本らしい武家姿の者。医者や僧侶など十徳の者。傾城屋の主と見える者。何者とも知れぬ者も二、三交じっていた。

床の間を背にした老人は、顎の下の白髯《はくぜん》をしきりに撫でさすりながら、着座している人々の間を忙しく立ち回っている若い男の動きを見るともなく見ていた。

白髯の老人の前には、赤い布をかけられた三宝がおいてあり、その上にはなにやら貴重そうな包みがいくつか積み重ねてあった。

集まった人々の幾人かは、ときどきその三宝にねっとりとした視線をなげていた。

動きまわっていた若いおとこが、白髯の老人に胸前に持ったお盆を示し、耳打ちをした。老人は短く答え、わずかにうなずいた。それで若い男は老人の後ろにまわってそこに座った。

その一連の動きの間、すこしざわついていた一座の空気がさっと静まり返った。

誰かの咳払いを合図に老人が口を開いた。

「皆様、本日もようおいでなさいました。御礼もうしあげます」

老人は一座の空気を読みながら言葉を継いでいく。

「本日は二十六名の方がお集まりです。新しくお見えの方がお一人いらっしゃいます。伊勢屋藤七郎さまのご紹介ですのでよろしくお願いもうしあげます。さて、本日の前句は古今和歌集よりいただいております。

しぎたつに

あさぼらけ
ゆうすげて

中句、後句をつけていただき入賞をきめていきます。本日の点者は湯殿鼎水《ゆどのていすい》先生です」

老人の隣に座っている、頭に宗匠頭巾をかぶった頰のやせたおとこが、一座にむかって一揖《いちゆう》した。

「お楽しみの入賞の褒美は三等は古伊万里の赤茶碗です。あとはのちほどのお楽しみにして満座の皆様の傑作をお待ちしています」

一座の人々から大きな拍手が沸き起こった。

それぞれが目の前の筆をとって、さっそくとりかかったが、なかには厠に駆け込んだり、廊下にでて庭におりる者などがいた。

老人とその後ろに控えていた若者が、大部屋をさがって控えの小部屋にはいった。

小部屋には商家の手代のような男が待っていて、さきほど一座の間を動きまわっていた若いおとこから盆を受け取った。盆の上には山になった紙包みがのっていて受け取ったおとこはそれを机の上にばらまいて中味を確認していった。

紙包みからは一両小判が鈍い黄金色を放ってあらわれた。紙包みには差し出したものの名前が記してある。

「本日は二十六名のお客さまですか。五十二両ございます」

「それでよろしいです」

老人は手代ふうのおとこに言った。一座に集まった人はひとり宛二両を包んで、この集まりに駕籠《かご》でやって来ていた。


如月十兵衛は白髯の老人が座っていたあたりを、遠くの席からじっと見ていた。隣には十兵衛をこの席に紹介してくれた伊勢屋藤七郎がいた。短冊を目の前にかざしてうなっている。

「笠付けとは、考えたものだ。もうとっくの昔になくなったと思ったが……」

「意外や意外でございますでしょ」

「何度も取り締まりにあっているだろう」

「岡場所と賭け事は何度取り締まわれても雨後の竹の子のようにすぐ出てきます。それにここは安心です。お寺社の息がかかっていますでな」

「しかし江戸の名のある商人が、二両ばかりの金をつかって、お上の目を盗んでこんなことをしていていいものか、はかりかねるが」

「吉原や舟遊びやらに飽きたら、こんなことが楽しいものです。それにここはご褒美の品が素晴らしい。とても二両では購《あがな》えない珍品ばかりです。それを目当てに来ている者もおります。わたしもその口ですが。それにこれだけでは物足りぬひとのためにもっと刺激的な趣向も用意してあります。わたしはそっちにはあまり興味はありませんが」

「それは」

「しっ。見てるひとがいますから十兵衛さまも筆をとってください」

伊勢屋藤七郎は急に生真面目な顔になって、短冊になにやら書きはじめた。

襖を背にした席に越前屋の番頭信造の顔が小さく見えた。こちらをうかがっているようにも見える。

その信造の近くに歳のころは三十そこそこに見える月代《さかやき》も青い旗本もいた。刀は表から店に入ったときに料理屋の女将に預けてある。むろん十兵衛も余儀なくそうしていた。

四半刻が過ぎた。半刻がたつとそれぞれが書いた短冊が若いおとこによって集められることになっていた。そして点者の審査のあいだに料理の膳が運ばれることになっている。

十兵衛もなんとか仕上げておとこに短冊をわたした。庭などにでていた者ももどってきて席に着いた。

床の間の前の席にはいつの間にか老人が座って一座に目配りしていた。その後ろにはあいかわらず若いおとこが座っていた。

「みなさま良い作品ができましたか。しばらくお時間をいただき、その間、湯殿鼎水先生に本日の入賞作品をえらんでいただきますので料理を召し上がりながらお待ちいただきとうございます」

どんどん膳が運ばれてきて、女将を先頭に芸者が五人ほど居流れてきた。

そのなかのひとりの芸者が、まっすぐ十兵衛の席の前にやってきて、座るなり銚子を手にして軽く片目をつぶって見せた。

十兵衛は一瞬、気をのまれたが、

「あなたが田茂三親分の……」

「はい、十兵衛さま」

辰巳芸者の粂次は袖で口を隠していたずらっぽく笑った。

ここに来る前に十兵衛は田茂三に話して、粂次をもぐりこませたのだった。ただ、十兵衛は粂次とは話を聞くだけで会ったことはなかった。

「伊勢屋さん、粂次姉さんです」

「これはこれは、伊勢屋藤七郎です。粂次というと深川ですか」

「はい、そうです。ここの女将さんとは昔からの知り合いで今日はたまたまよばれてまいりました」

「そうですか。粋な姉さんのお酌でお酒がいただけるとは今日は運がいい」

「ご褒美がもらえるかもしれませんよ」

「それならなお嬉しいが。今日はもしかしたら自惚鏡がでそうなんです」

「なんですか、その自惚鏡というのは」

「これが珍品でな。鏡といえば片手におさまるような小さな鏡なんだが、裏側はなんと金無垢で細工がほどこされているのだ。あれは前回のご褒美にだされたのだが、わたしはそれこそ喉から手がでるほど気に入ってしまって、それを貰った長瀬さまに譲ってもらえまいかと交渉したのです。もちろん歯牙にもかけられませんでした。わたしは三十両だすとまで言ったのですがね」

　十兵衛は伊勢屋の話を聞いているうちに身内が熱くなってきた。

「伊勢屋どの、その長瀬という侍はあそこに座っている……」

「そうです、そうです。なんでもこれはさるお方に差し上げたいので譲るわけにはいかないということでした。それでわたしはすっかりあきらめていたのですが、桑野瀬左衛門さまからもうひとつあれはあるので楽しみにな、と言われましてもしかしたら今日出てくるのではないかとどきどきしているのです」

「桑野瀬左衛門というのは」

「髯の老人です」

「何者ですか」

「元検使という噂です」

「それで寺社方と」

「そうでございましょう。ああ、どきどきします。こんなことなら笠付けの師匠をつれてくるのだった」

「それは」

「ときどきずる賢いことをする者がおりましてこの笠付けの名人をつれてくるものがあるのです。そんな人がきたんじゃわたしたち素人はとても歯がたつもんじゃありません。でもご褒美めあてにそうしたいんちきまがいのものがいるのです」

「賭け事にはつきものだな」

十兵衛は庭に出て行った者のあいだには、いんちきをしているものがいるかもしれないと思った。

酒がまわって座が賑やかになってきた頃、

「さあ、みなさまお待たせいたしました。入賞がきまったようです。湯殿鼎水先生から発表していただきます。まず三等から」

一座は急に静粛になって痩せた宗匠頭巾のおとこに注目した。

「では、申しあげます。

あさぼらけ　佃の島の　舫い船
これは長谷川通玄先生の御作です。おめでとうございます。ご褒美は古伊万里の赤茶碗でございます」

ほぉーと一座から感嘆の声があがった。
「つづきまして
　しぎたつに　蘆荻《ろてき》の雨を　恨むべき

こちらは高麗屋理左衛門どの。前回もお出ししました自惚鏡ですが、今回のものは彫りが歌麿の江戸八景の図からとっております。ほかにふたつとございません」

またまた一座はため息につつまれた。

伊勢屋藤七郎はがっくりと両肩をおとした。

「高麗屋さんに譲ってもらうわけにはいかないのですか」

「そりゃとても無理です。あの方は羽振りもいい紙問屋の隠居ですから、金を積んでも見向きもされません」

「しかし高麗屋さんが持っていてもしようがないのでは」

「ふたつとないものを持っているのは嬉しいものなんです。若い妾でもできたら恩着せがましく贈ればこれはこれで喜ばれます」

伊勢屋藤七郎はそういってまた大きくため息をついた。

「では本日の一等です。

　ゆうすげて　苫小屋かけて　吾子を待つ

長瀬蔵人さま、おめでとうございます」

一座から大きな拍手が湧いた。

「本日のご褒美は棗玉《なつめだま》です。これは越後より産する翡翠でつくられています。長瀬さま前回に引き続き入賞です」

長身白皙の長瀬蔵人は三十半ばほどの年齢で、白髯の老人から褒美を受け取った。

棗玉は親指より一回りちいさくした大きさで卵形をしている。

「また長瀬さまがお取りになりましたか。とても笠付けがうまいとは見えないのですが、身共とどこが違うんでございましょうか」

伊勢屋のおちこみようは尋常ではなかった。粂次がさかんに酌をしながらなぐさめていた。十兵衛は真剣な表情で一心に長瀬蔵人の様子を見ていた。長瀬蔵人は興奮した素振りもなく女将を相手に静かに飲んでいた。

そこへ越前屋の番頭信造が膝で寄っていってなにやら長瀬に話しかけて酌をしていた。

「伊勢屋さん、みなさん顔なじみで話したり呑んだりするのですか」

「ええ、なかにはそうした人もおります。商売がらみの生臭い話をするひともおりますが、あまりしつこいと嫌われますよ」

「これで会者は儲かるのですか」

「褒美が豪奢ですから儲からないでしょう。しかし、それでいいんです。こちらはお遊びで呼び水ですからね」

「これからが本番というわけですか」

「そうです」

「そっちをのぞいてみますか」

「わたしは気がすすみませんが、十兵衛さまがおのぞみならご一緒いたしましょう。あの長瀬さまもくるでしょうから」

十兵衛はちょっと前に粂次に長瀬蔵人のところにいってなにか探ってくれと頼んでいた。


膳がさげられて、大部屋は百目蝋燭がとりはらわれ、光源をおとした行灯がいくつか部屋に運ばれた。

さきほどとはがらりと雰囲気が変わって、殺気ばしった空気が部屋をおおった。二、三人が帰っていったようだが、笠付けに参加した人間の多くが残ったようだ。

笠付けの時は、白髯の桑野老人が床の間に席をしめたが、今度は点者（胴元）は床の間に向かって右手の壁際に席を占めた。桑野老人と違って精悍な居住まいのこうした世界の水に馴れた三十二、三のおとこだった。遠めにもその眼差しは鋭く一座の人々を射すように見ていた。

十兵衛はずっと長瀬蔵人の様子ばかり窺っている。長瀬は笠付けのときよりにわかに表情に変化がでて、それにあわせて長瀬に近づいてくる人間もさまざまに増えていった。

（長瀬蔵人が卯吉の長屋で鏡を落としたに違いない。ここであの鏡を褒美としてもらったものだ。しかし、長瀬に一刀のもと卯吉の首を斬れるとは思えない。長瀬は剣のほうはさほどでもない）

十兵衛はずっと長瀬を見ていてそうとった。

そのとき、胴元の側についていた世話役のおとこが部屋の外に漏れないほどの音をもつ鈴を鳴らした。

一座は一気に静まり、痛くなるほどの緊張がはしった。

「みなさま、笠付けは首尾よくまいりましたか。これからが本日の運試しです。どなたさまもいい夢をみてお帰りになられますよう、精魂尽きるまでおつきあいください」

点者のあいさつが終わると参加者はまず事前に配られている台紙から数字を三つ選んで自分の膝前に置いた。それを世話役をかねた句拾いが集めていく。

台紙には三段にわけられて数字が一から二十一まで並んでいた。上段は一から七、中段は八から十四、下段は十五から二十一まで並んでいた。参加者はそれぞれ上中下から一つ数字を選ぶ。

集め終わったところで点者は予《かね》て選んでおいた三つの数字を書いた紙を満座に示した。

上　六　　中　九　　下　十七

どぉーっとどよめきが部屋中に充満する。

一瞬にして台紙代金一分がとんでいく。三つ正答すると賭け金の二十倍が転がり込む。一つでもあたれば元返しである。

参加者は場所代として金二分を主催者に払っている。胴元は損はしない仕組みだ。

つぎつぎに台紙が配られ、集められて三つの数字が開示される。勝負は一瞬である。そのたびに興奮した人々の嘆声が渦となって、ますます熱気は増すばかりだった。

長瀬蔵人は笠付けのときとは見違えるほどの生気にあふれていた。句拾いの世話役をしつこく呼んでは台紙を何枚も請求していた。なかなかあたらないようである。

「あれは？」

一枚の台紙を握ったまま賭けに参加しない伊勢屋藤七郎に十兵衛は聞いた。

「えっ」

明かりが薄暗くその人物の顔ははっきり見えなかったが、伊勢屋藤七郎はあっさりと、

「金貸しですよ」

と興味なさげにいった。

「誰です」

「播磨屋です」

「播磨屋という番頭が殺された」

「そうです。ここで賭けの資金を融通してるんです。烏金《からすがね》（借りたら翌日返す高利の借金）なみの利息をとってましてな。熱くなるとそんなことおかまいなしに借りる人が大勢いらっしゃるのですわ。あの長瀬さまもその口で噂によれば何百両の借金らしいですよ。播磨屋はここだけでなくあちらの方でも金貸しをしてます」

「あちらというと」

「この敷地内にもうひとつ賭場があるんです。こちらよりは賭け金は安いので雑多な人間が裏口から出入りしていますよ」

「そうか。驚いたな」

十兵衛はこの静かな料理屋の奥にある大部屋以外にも、人の重苦しい息づかいを感じていた。

それも伊勢屋の話で疑問は氷解した。

いつの間にか粂次が十兵衛の隣にやってきていた。

「わたしにも一枚くださいいな」

粂次は十兵衛の持っていた台紙に数字を書付け、句拾いに手渡した。

それが、
中　十一
に的中して粂次は元返しで金一分を得た。それはそのまま粂次の懐に入った。

「見事ですね、姉さん」

伊勢屋藤七郎は追従をいった。

「この後がもっと凄いそうですよ」

「また趣向があるのかい」

十兵衛は思わず声を張った。

「紋紙といいましてな、六つの紋所がならんでいまして、それのうちのひとつをあてるんです。もともとは目に一丁字のない者を相手に考えられたのですが、簡単に誰でも参加できるので大流行なんですわ。こんどは六つにひとつですからそれは皆さん熱狂します。しかし、それが曲者でして」

「家もお店も取り上げられるひとがいるそうですね」

「もう何人もいます。わたしは笠付けのご褒美の珍品目当てにきていますが、そろそろ潮時かと思っていますよ。あの金細工の自惚鏡に未練が残りますが」

伊勢屋藤七郎はそういって背を丸めた。

粂次が薄化粧のかんばせを十兵衛の耳元に近づけて、

「播磨屋は深川の子供屋にも金を貸しているみたいですよ」

「まことか」

「ここの女将さんが言ってました」

それなら卯吉が持っていた覚書には深川の子供屋の名前があるかもしれない。

十兵衛は横地作之進に確かめねばならないと思った。

熱く沸騰した大部屋は時がたつのも忘れたかのようであったが、点者からの声と同時に例の鈴が打ち鳴らされた。

四つを廻っていた。

十兵衛は伊勢屋が駕籠で帰るのを見送って、ひとり料理屋の表から店を出た。客のなかには船で帰るものもいる。

粂次は今夜はここに泊まるようだ。

外は真っ暗闇で犬の遠吠えさえなく、大川の波が岸を食む音だけが聞こえてくる。川を越えた深川あたりに蛍の尻のような明かりが揺曳している。

その暗闇に首の長い浪人が朽木のように立っていた。

店の前に並んでいた駕籠があらかた捌《は》けて残っているのは一丁だけになっていた。

長瀬蔵人が女将や芸者に見送られて店をでてきた。播磨屋の者も一緒だった。

浪人は暗闇のなかで身じろぎもしなかった。ただ、わずかに明かりの漏れる店先にその長い首を据えて、目には猫の目のようなひかりをにじませていた。

長瀬蔵人はやっと駕籠におさまった。

「やっ」

「それっ」

と駕篭かきの声が暗い静寂に一瞬間響いて、店のなかにおんなたちが消えると間もなく表の行灯が消えて、一帯はまるっきりの闇になった。

月はない。

播磨屋は店にもどったのか。そういえば笠付けの点者の桑野瀬左衛門はどうしたのだろう。とっくに帰ったのか。十兵衛の疑心は募っていく。

浜町堀にかかる川口橋をわたると、あたりは大川をのぞむ大名屋敷の塀が長く続いている。この時間、うろついているものは誰もいない。

闇は濃くなっていく。

着物の裾がこすれる音が、わずかに聞こえたかと思った刹那、刀風が十兵衛の耳元を襲った。来るのを従前から予期していたから、十兵衛はかろうじてかわしえた。

「何用か」

「如月十兵衛か」

「……」

浪人者の刀はすでに鞘におさまっていた。

「あそこには二度とくるな。さもなくば命はない」

「用心棒か」

「そう思いたければそれでよい」

「お主、長瀬蔵人の飼い犬だろう」

「……」

「播磨屋の卯吉を斬ったのはお主だな」

「番所の役人も知らないことをどうして知っている。脅すつもりでつけてきたがこのまま帰すわけにはいかぬ」

浪人は居合いを使った。

闇のなかに白刃が走った。それは十兵衛の目には見えない。

左袖が斬られて腕の表面に痛みを感じた。

居合い巧者は二の太刀を使えないのが普通だが、浪人は体勢を整えて八双に構えた。

十兵衛は青眼に構え、浪人の仕掛けを待った。胸にはなにもない。

浪人の胸には……仕損じたくない焦りがあった。

すべるように間合いをせばめた浪人は十兵衛の太刀を上から押さえつけるように弾き、十兵衛の太刀が跳ね上がる隙をねらって脇を抉ろうとしたが、十兵衛の太刀は跳ね上がりもせず、浪人より早く篭手に太刀をおとしていた。

「しばらくは剣も使えまい。養生してることだな」

いっそう闇は濃くなって血の臭いがわずかに地表を這って流れた。

二

十兵衛が鎧の渡しで船頭の仙吉をからかっていると横地作之進が柳の葉をくわえて手をふっていた。

仙吉に「では近いうちにな」といって十兵衛は船着場を離れた。仙吉は病気がちな父親をかかえていたが今度嫁をもらうことになっていた。

横地作之進はひとりでいた。

「十兵衛どの、きょうは」

「また桃春どののお供だ」

「それじゃ、そのまえにちょっと」

横地作之進は十兵衛にからだを寄せてきて、

「じつは本所で捕まえたおんなたちはきのう帰されました」

「なにかあったのか」

「同心の西山鮒智之助が斬られました」

「同心が？　相手は」

「子供屋の若い奴です。傷は浅手《あさで》です。それで上のほうで動きがあったようです」

「怪動の内通者の話か」

「どうも西山不埒が焚きつけたり水をかけたり一人二役を兼ねていたみたいで」

「しかし実際に御奉行の命令で手入れは行われた。西山が勝手に踏み込むことはできまい」

「それですよ。上のほうで動きがあったというのは」

「ほう」

「内与力四人いるのですが、意外に仲がよくないらしい。御奉行の頭痛の種でね。そのうちの一人が西山と組んで怪動を仕掛けたらしいということです。もちろん金絡みですが」

「そのへんが外に露見するまえになんとかしようと田代さんたちが動いたというわけです。みんな保身の固まりですよ」

内与力は奉行がみずから自分の家臣をひきつれてきて、奉行の執務に協力し、補佐する任務につかせていた。もともと奉行所にいる与力や同心は、建前はどうであれ代々奉行所に仕える熟達者ばかりである。町奉行は幕府の異動でやってきて、また去っていく仕組みで、奉行にとっては出世のためとはいえ、はなはだ心もとないものであった。それで手足となって動くものが必要で内与力として連れてきているのである。その内与力が足を引っ張っては奉行の立場はない。

ちなみに奉行は根魚みたいに役所に棲みついている部下である与力や同心に気配りし、ことあるごとに贈り物をしたり褒賞を与えたりしていた。そうしないと吟味ひとつとっても円滑にすすまなかったりするのが実状であった。

奉行によっては、この役についたおかげで持ち出し、ということにもなりかねなかったのである。

「西山と組んでいた与力は」

「南雲さんといってもう罷免されたようだ」

「けっこう手回しがいいな」

「驚くべき拙速ぶりです。ところで昨日はどちらへ」

「田茂三親分から聞いてるだろう」

「いえ、十兵衛どのの口からお聞きしようと思ってちょっと役所に行く前に」

「熱心だな。卯吉を殺した奴に会った。捕まえてお手前に引き渡さねばならなかったが抵抗にあってあわや斬られるところだった。しかし、しばらく剣をつかえない程度には懲らしめておいた。次に会ったときには横地どのの手で縄をかけてくれ。やつは長瀬蔵人という旗本とつるんでいる」

「どんな奴ですか」

「賭博狂いか。暇そうだから無役だろう。悪いことをする時間はやまほどあるみたいだ。聞くところによれば播磨屋に結構な借金があるとか」

「播磨屋にですか」

「卯吉の覚書があったろう。あれに今度の怪動に関係した店があるのではないか。播磨屋は深川あたりの女郎屋にも金を貸し付けているようだ。それも相当な利息でな」

この時代、深川の岡場所は有卦《うけ》に入《い》っていて商売としては大当たりをとっていた。つまり儲けが大きかったのである。吉原の形式ばった遊びに飽きていた商人たちや、大名の江戸詰めの侍たちや気のきいた職人なども安直で素人くさいおんなたちに魅力を感じてせっせと通ったのである。

しかし、茶屋や女郎屋の経営者にとってはいつ怪動をかけられて店がつぶされるかわからなかったので商売としてはまさに水ものなのだった。それだからこそまともな金貸しはこうした商売連中には金を貸したいのはやまやまだが、危なくて手がだせなかったのだ。その間隙をぬって出てきたのが、立ち飲み屋から財をなした怖いものしらずの播磨屋だった。

危ない橋を渡ることになるが、反面見返りは莫大だった。

「ところで浅蜊売りの坊主の親父はまだ小伝馬町に」

「吟味まであとすこし時間が……」

「つるもないことだろうからいじめられているだろうな」

つるは囚獄に入るときに、襟などに金を縫い付けておいて、牢内で牢名主に差し出すのである。それがなければ何をされるかわからない。ひどいものになると二、三日で病気になって死んでしまうものもいる。

「卯吉殺しの犯人を捕まえてなんとかお赦しを願うしかありませんね。拾得物は質入しましたが、まだ金はほとんどつかってませんから、敲きくらいのお仕置きにしたいものです」

「昨日の浪人を逃がしたのはまずかったかな。しかし、奴は簡単に白状はしないだろうな。横地どののほうで長瀬蔵人を捕まえるのは骨だな」

「場合によってはその料理屋に踏み込みますが」

「旗本だと死罪か遠島か」

「賭場の客というだけだともっと軽いでしょうね。それだと意味がない」

「あそこの賭場を仕切っているのはもと寺社奉行所にいた検使という噂で、それで容易に町方は踏み込めないから安全という触れ込みで町の大店の人間や、医者などが顔を見せているようだ」

「いい方法がありませんか」

「さあな」

「早くしないと息子の長吉が哀れで見てられません。売り物の浅蜊を牢屋まで持っていって父親に食わしてくれといっては牢屋役人に邪慳に追い払われるらしいのです」

それを聞いて十兵衛も顔を曇らせた。


田茂三が蝙蝠長屋に行くと、長吉が河岸から浅蜊を仕入れてきて、売りに出るところだった。いつもなら河岸からまっすぐお得意さまの家々をまわるところなのだが、母親のおかくがあれ以来急に元気をなくして、家にとじこもりがちなので長吉が簡単に朝飯の用意をしてから棒手振りに出かけるのだった。

「おい、長吉。おっかさんの具合はどうだ」

「あんまり変わりがないよ」

「そうか。おまえまで元気をなくしちゃ、おとっつぁんも元気でもどれねえから気をつけろよ。それともう牢屋に浅蜊なんか持って行っちゃいけねえ。お役人も困るからよ。早くおとっつぁんを帰してもらえるようにするからな」

「大丈夫?」

「ああ、まかしておけ。それより早く浅蜊が活きのいいうちに商売してこいよ。そうだ、ほれ。昼の弁当を持ってきた。おっかさんの分もあるから帰ったら食えよ、な」

長吉は田茂三からおそるおそる弁当を受け取りながら初めてはにかんだ笑顔をみせた。

「ありがとう」

「遠慮はいらねえ。それっ」

田茂三は浅蜊のはいった平たい桶を、両端で綱で支える天秤棒を持ち上げ長吉の肩に担がせた。

意外な重さに田茂三は長吉の顔を見た。長吉はいつものように腰が定まるとひょいひょいと歩き出し長屋の木戸を出ていった。

昨夜、田茂三は娘のおこのに弁当を作ってくれるように頼んだところ、長吉を家に連れてきたらとおこのは言ったが、田茂三は母親もいることだし、長吉から浅蜊売りの仕事を取り上げてしまったら、かえって長吉の気持ちがささくれだってしまうようで、田茂三はおこのの提案を受け入れられなかった。それよりこの事件を解決すればすべてが丸くおさまると、田茂三は決意もあらたにしたのだ。

引き合い茶屋にまわって生計の目処《めど》をつけてから、竃河岸《へっつい》でおらく婆さんが一人でやっている一膳飯屋に行った。

竃河岸は住吉町の南側で元吉原の京町にあたるあたりである。

おらく婆さんのやっている店は恐ろしく汚く、客種もおのずとしれている。店も五人も入るともう店からはみ出すものが出そうなほどの広さである。

かつて田茂三はおらく婆さんが、船饅頭をやっていたとき、恩を売って以来おらく婆さんは船からあがり、物乞いめいた仕事もしながら、いつの間にかここに店を持ったのだ。田茂三はおらく婆さんに恩を売ったつもりはないが、婆さんは頑なにそう思っていて田茂三には自儘《じまま》な自分をみせる。それでいつしか田茂三の手先のまねごとをしてくれるのだった。

横地作之進はこの店が気にいっていて、ときどき客のいない時間をみはからって田茂三と会って仕事の話をする。

横地作之進と田茂三が話しているのを聞いていて、時折りおらく婆さんがひとりごとのように口を挟むことがあって事件が解決したことが何度かあった。

おらく婆さんは店に来る無宿者などの話をよく小耳にはさんでいるのである。

おらく婆さんのだす飯は魚一品に雑穀のまじったご飯、それと味噌汁だけである。魚も売れ残ったような魚を煮付けたりしたものだが、ただ味噌汁は絶品である、とは横地作之進の謂いであるが、それについては田茂三も異論を差し挟まないからほんとうにうまいのかもしれなかった。しかし、椀はかけていたり古かったりして、その貴重な味はだいなしになって、客種は安くて腹がくちくなればいい手合いばかりで、店は繁盛もしなければ廃業に追い込まれることもなかった。

おらく婆さんの店は、朝と昼しかやらず夜はやらない。だから昼八つ（午後二時）には閉店である。

田茂三がおらく婆さんの店で横地作之進を待つためにやってきたのはその八つを廻った頃だった。

おらく婆さんといっているがおらくはまだ四十二である。しかし歯はずいぶん欠落していた。髪もぼさぼさで、気がむいたときにだけ頭に手ぬぐいを巻いたりしていた。

「婆さん」

「おや、親分」

挨拶はいつもそんなものだ。

その辺で拾ってきたような酒樽にすわって田茂三は一服した。なにも言わなければおらくは茶もだ さない。

あたりに目をくばってから横地作之進が店に入ってきた。店に一歩も入れば相手の顔が目の前にあるという具合である。

横地作之進は店に入るとき、かならずあたりの様子を窺ってから素早く身を入れた。八丁堀がうろうろしてはおらく婆さんの商売に迷惑がかかると思っているのである。しかしおらく婆さんはまったく意に介していないのが滑稽であった。

「待たせたね親分」

「今来たところで」

「さっそくだが、中洲の跡地に近い料理屋を手入れすることになりそうだ。火盗の奴らも嗅ぎつけていてやる気らしい。連中の前にこっちはやりたいんだ。十兵衛どのの話では笠付けはひと月に一回しかやらないが、その後の大博打は月に七日はやっているとのことだ。今度は明後日だ。十兵衛どのにも密かに応援を頼んでいる。こっちは俺は当然だが珍しく高島さんが指揮をとる。これは見ものだぞ」

「へえ、高島さんは馬は大丈夫なんですか」

「腰をやられているからな。しかし与力というのは一騎と数えられるくらいだから馬くらいは乗れないと恥ずかしいだろう」

もともと与力は自家において馬も飼っていなければならず、いざという時にはその愛馬を駆って戦場なり主君の警護に向かうのであるがいまや与力にはその甲斐性はどこを探してもない。

それでは捕り物がある時に困るので奉行所で馬を飼っているのである。ことあるときにはそれに跨って現場に乗り込むのだった。

「いずれにしても今回は高島さんは志願したらしい。よほど田代さんの悠々自適の隠居生活を応援したくなったようだ」

「へえ、あの方がおすずさん以外に熱くなるとは何かの憑き物でもありましたか」

「親分、それはちょっと手厳しいなあ」

横地作之進は笑ったが、田茂三は頭をかいただけだった。

「それで、十兵衛どのの話では旗本の長瀬蔵人と、あそこで金貸しをしてる播磨屋の番頭か上のほうの手代が必ずくると言っているので、まず長瀬は逃がしても播磨屋をあげて絞りあげよう。それによって長瀬までひっ捕まえよう。どうです？」

「いいですね。それならいけますね。それから卯吉の覚書に、

目　百二十　　村　百五十

とありましたね。播磨屋が深川の岡場所にも目をつけて商売してるとすれば、目は三つ目屋、村は大村でしょう。それに間違いはないと思います」

「ん、しかしその三つ目屋と大村が踏み込まれたわけだろう。当然、三つ目屋も大村も大損害を蒙ったが、卯吉の播磨屋も貸し付けた金がもどらない可能性があるな。それは貸し付けを受け持っていた卯吉の大失態。その卯吉が責任をとって自害したなら話は早いが、卯吉は惨殺されているのだ。おかしくないか」

「おっしゃる通りです」

「十兵衛どのは長瀬にあの浪人がひっついていて、卯吉を斬ったと言っていたが、親分はどう思いますか」

「あの鏡の持ち主は長瀬で間違いない、とすれば長瀬はどうして蝙蝠長屋に行ったのですか。旦那は卯吉の部屋を誰かが家捜ししたとおっしゃいましたがそいつは長瀬でしょうか」

「旗本奴がこそ泥みたいなことをするのは考えにくいから、あの浪人かもしれないな。卯吉を斬ったあとで、二人で卯吉の長屋に行ったのではないだろうか。浪人は剣のほうは達者でも、物探しの嗅覚はさっぱりだと思うよ。それに人を斬ったあとだからそうそう長居もできなかったのだろう。お陰でこっちがあの覚書を手に入れたわけだ」

「やつらはあの覚書の何が必要だったのでしょうかね。それともあれ以外の物を探そうとしていたのでしょうか」

「いや、それはないさ。卯吉も越したばかりでたいしたものはいっさいなかったからな。殺風景なもんさ。隠すようなところもないような家なんだ」

「もう一度じっくり卯吉の覚書とにらめっこしなけりゃなりませんね」

「そうだな」

腰半分しかないような板戸でしきった調理場にいたおらく婆さんが、

「そう言えば何年か前、寄せ場人足からもどった男が賭場で烏金を借りて、とんでもない取立てにあって、泣きに泣いた話をしていたね。その頃、川に男が嵌められて死んだが誰がどう回収したのか、なんの事件にも噂にもならず、沙汰止みになったそうだけれど。あれも不思議だともっぱらだったよ。そのとき越前屋とか播磨屋だとか言ってたような気がしたが、はてこの婆も歳だから誠やら空耳やら……」

とんでもないことを言い出した。

「おらくさん」

田茂三は急におらく婆さんから婆をとってしまった。

「そいつは山王祭の時のことを言ってるんじゃないのか」

「さあ、その頃だったかどうか」

「おれも噂は聞いたような気がする。こっちは飯の種だからすぐ嗅ぎつけるんだが、あれはなんの尻尾もださずに立ち消えてしまったんだ。いま、おらくさんの話をきいて思いだしたくらいだ」

「おれは何も知らないな」

横地作之進は率直なおとこである。

「それよりその越前屋と播磨屋の名前があがっているのが気になるな。その頃、つまり六年前あたりにも越前屋も播磨屋も金貸しをしていた。そして彼らは金貸しを通じてなんらかの繋がりがある、ということだな」

「越前屋の番頭信造を締め上げたとき、卯吉にもうこれ以上金の融通はできないと信造は言ったわけです。本当だとすれば越前屋は播磨屋をつかって、うまい金儲けをしてたんだと思います。金額からみると賭場で貸し付ける金高じゃありませんから、越前屋の融通資金は深川の岡場所にも流れているのでしょうね」

「ふーむ、すこし見えてきたが、まだ霧のむこうが霞んで見えないな」

「卯吉が浪人に殺された理由はなんでしょうか」

「……」

「尋常に考えれば邪魔になったか、言うことを聞かなくなったから殺してしまったということですか」

「おんなに絡んだ話にはみえないからそんなところか。いずれにしても明後日には決着をつけなければならない」

横地作之進は後ろにまわした十手を腰に差しなおして立ち上がった。

田茂三もおらく婆さんに礼を言って店をでた。

陽はわずかに西に傾きながら、竈河岸の堀に舫ってある小船を明るく照らしていた。

田茂三は横地作之進が中間と挟み箱を担いだ小者をつれて見回りにいくのを、豆粒になるくらい遠ざかるのを待ってから、

「さて」

もう一度、川向こうに行ってみようと足を三つ又の先の新大橋に向けた。

田茂三のすぐ後を栄蔵がついてきていた。

次の日、田茂三が横地作之進によばれて、竹河岸の千曲にいくと高島九十九が早くも独酌していた。店明けでなにかと忙しいすずは高島をほったらかしにして、ちょこまかと小女と板場と土間をいったりきたり、時には外にでて人の出などをさぐっていた。

高島はそんなすずの様子を肴に長い顔をますます長くして呑んでいた。

田茂三が来、横地作之進がやって来た。

「おう、やっと来たか。まあまあ、そこへ座れ。おーい、おすず酒だ」

すずがお盆に酒と烏賊の塩辛をのせて持ってきた。

「今日はいい知らせがあるぞ」

「馬を手なずけましたか」

「莫迦。馬なぞいつでも乗れるわ。与十がお解き放ちになるぞ」

「えっ、まことですか」

「越前屋が奉行所に寛大な措置を願い上げたようだ。如月十兵衛どのが越前屋に働きかけたみたいだな」

「十兵衛どのが」

「あっしが長吉の不憫を訴えましたから、十兵衛の旦那が一肌ぬいでくれたんですね。よかった。

長吉も元気がでるだろう」

「これで明後日の首尾がうまくいけばいいですが」

「心配はいらない。おれが出張っていく以上不首尾なんてものは毛頭かんがえられないぞ、作之進そうだろう」

「そうであればいいんですが」

「あはは、そう弱気になることはないぞ」

「話は違いますが、罷免された内与力の南雲さんは西山とどうつながっていたんですか」

「金だな。ふたりは金蔓を握っていたようだが、それも永遠に続くことはないということだよ。あせったふたりはお奉行をうまく丸め込んで怪動をかけたらしい。お奉行にうまく取り繕ったのは南雲さんだが、お奉行にとっちゃ飼犬に手を噛まれた心境だろう。町奉行全体に示しがつかない。しかし、それがあったから与十の解き放ちの件は思いがけないほどすんなりいったとも言える」

「怪動をかけて金のなる木が蘇生しますか」

「それが難しいから播磨屋の卯吉殺しにつながったとおれはみているが」

高島は長い顔をつるりとなでて、どうだ、と胸を張った。

ギロリとにらまれた田茂三は、

「覚書を見る限り播磨屋は深川本所の岡場所に相当金を流しています。ところが南雲さんと西山さんは数ある子供屋のなかで御旅、弁天の三つ目屋と大村のおんなを挙げています。茶屋は籠屋だけ。そうしてみると卯吉の覚書に深川本所の子供屋とおぼしき店は仲町の谷川と土橋の出雲、裾継の大和。それぞれ、

谷　百五十　雲　百三十五　和　百

となっています。

これらの店に金を貸付、相当いい目をみています。おそらく南雲さんたちは播磨屋を脅すつもりで播磨屋の貸付先の店を狙ったんだと思います。播磨屋をつぶすつもりなら仲町や土橋も襲ったでしょうが、目的はそうじゃないとみましたが」

「それにしては中途半端じゃないか。大概のおんなには逃げられているぞ」

「いえ、もともと捕まえるつもりはなく播磨屋に警告を与えたいだけですから。かえって噂を信じなかったおんなたちが十人も捕まってしまって、困ったのは南雲さんのほうじゃないですか。空振りに終わって、お奉行に役所に内通者がいるといって騒ぎ立て、自分たちの怪動失敗をうまく糊塗する。そのうえ、播磨屋に対しては十分な脅しになる」

「南雲さんは西山といっしょになって播磨屋から金を引き出していたということか」

「それは播磨屋の誰か、最後は播磨屋角兵衛を捕まえないとなんとも」

「そんなに南雲さんも西山も金が必要なのか」

これは高島。

「それがわかれば今度の怪動騒ぎと卯吉殺しは解決するんですが」

田茂三はそう言ったが、手ごたえは感じていた。岡場所に生きている連中は確かに官許はうけていないが、だからといって悪党どもの勝手な跋扈は許しちゃならないと思うのだった。

三

横地作之進も田茂三も楽しみにしていた高島九十九の騎乗姿は幻に終わった。

昨夜、高島たちが千曲で話しているその頃、中洲跡地近くの料理屋は火盗改めに急襲されていた。無宿人が大勢縄につき、胴元の香具師の元締めが捕まった。

横地作之進は役所でそれを聞いて仰天してしまった。あわてて高島の姿を探したが見当たらない。

例によって例繰方の鷲塚東吾郎を捕まえた。

「ひどいことになったな。高島さんは」

「野袴、陣笠で勇み立っていましたがいまはそれも脱ぎ捨てています。どこにいったんでしょう」

「とんでもないぜ、これは俺の持ち番の事件だからな。あとすこしのところまできてたんだ。火盗が捕まえた雑魚どもじゃなんにもならない」

これで長瀬蔵人も播磨屋もとうぶん潜伏してしまうだろう、と横地作之進は歯噛みした。

「くそっ、ついてない。こんなことなら十兵衛どのといっしょにあの日賭場に潜り込めばよかった」

今や後の祭りである。

「西山さんが出てきてますよ」

「えっ、西山不埒が。傷はなおったのか。南雲さんは罷免され、西山鮒智之助は生き残ったのか」

「西山さんは不死身ですよ」

「東吾郎、あんな奴の肩をもつのか」

「いえ、ほんとうのことですよ。かつて相対死《あいたいじ》にの真似事をして、相手の後家さんは半病人になってしまいましたが西山さんはそのまま町廻りです」

「へえ、おまえはそういうことを良く知っているな。おれのこともなんでも知っているんだろうな」

「はい。特筆すべきことなし、と」

「こいつ」

鷲塚東吾郎は横地作之進の鉄拳を避けながら、あれ、と指差した。

見ると西山鮒智之助が、げっそり痩せた姿で廊下に立っていた。

「西山さん」

思わず横地作之進は声をかけていた。

西山は鈍い動きで振り返ったが、目だけは射すようなひかりを帯びていた。

「……」

「傷は?」

いいんですか?　と言おうとしたが、西山は片頬に薄ら笑いを浮かべて、

「火盗に出し抜かれてどうするんだ。北の名折れだぞ」

「あ、あなたに言われる筋合いはありません」

横地作之進の口中は旱魃《かんばつ》にあったように干上がった。

「いつまでもねんねでどうするんだ」

そう言うと西山鮒智之助は、横地作之進に背をみせて与力のいる部屋のほうへ行ってしまった。

横地作之進が西山鮒智之助を役所で見るのはそれが最後だった。

その日はとうとう高島九十九に会えず横地作之進は自身番をいつものように廻った。

南茅場町についたときには十兵衛は桃春と千代との徒歩鋮行からもどっていた。

小僧に十兵衛をよんでもらった。

「すみませんでした」

「どうした。やぶから棒に」

「今日で事件に目処をつけようと思っていたのに火盗にやられました」

「いや、播磨屋たちをひっくくられなくてよかった。まだあきらめることはない。それより長吉はよかったじゃないか。どんな父親でも長吉にはいい父親なんだ」

「十兵衛どののお陰です」

「いや、番所も粋にはからってくれたものだ」

「ちょっと、詳らかにできない不祥事がありましたから、きついことばかりも言ってられません」

「それで良い。番所の役人はよく働いているとわしは思う。ひとりでやれる仕事を五人がかりでやっているものが多いというのにな。それでも旗本御家人に役がないものが山ほどいるというご公儀の世というのはどんな世の中だ」

「十兵衛どの、ちょっとそこまでいいですか」

いつもの蕎麦屋ののれんをくぐった。

「十兵衛どの、もう一刻も猶予がありません」

「なぜそう思う」

「火盗の連中も播磨屋や長瀬蔵人に触手をのばしてきます。その前にこちらは手をうたねばなりません」

「火盗はそんなことはできまい。賭博はその場を取り押さえなければ捕まえられないから長瀬は捕まえられない」

「どうしたら」

「やはり卯吉殺しに立ち戻ろう。やったのはあの浪人に間違いない。それは長瀬蔵人の指示によるものだ。長瀬はなぜ卯吉を殺害したのか。鍵は卯吉の覚書が握っている」

「長瀬は卯吉の播磨屋から博打のほうで相当な借金があるとか」

「そう聞いたがそれだけではないように思う」

十兵衛は見えない何かをさぐるような目をした。

その時、「旦那ぁ、」と言う声とともに田茂三と下っ引の完次が、弁柄屋の手代や小僧をはね飛ばす勢いで駆け込んできた。

「大変です。播磨屋角兵衛が血塗《ちまみ》れになって」

「なんだってどういうことだ」

横地作之進はあわてふためいている完次にどなるように言った。

田茂三が引き取って、

「あっしがお話しします。じつは完次には角兵衛を見張るようにいいつけておいたのです。角兵衛から目を離しちゃいけねえと思ったものですから。それで完次はいいつけどおり三日三晩張り付いたんですが、角兵衛が家から消えたのを見逃してしまって、再び角兵衛の姿を見たのは着物もぼろぼろになって、顔にも血糊のついた傷をうけて、駕籠に乗せられて送られてきたときでした」

　完次は下を向いて嗚咽をもらしている。

「播磨屋角兵衛は誰かに痛めつけられたんですね。阿漕な金貸しとわかってやったことですか。天誅を加えようと」

　作之進は十兵衛に問いかける。

「そう見せかけたかったのかもしれないが、完次が気づかないうちに行われたことだから違う意味合いだろう」

　と十兵衛は言う。

「犯人は執念深く粘着質な人間だ。卯吉を殺しただけでは目的が達せられなかったようだ。これで悪行はおさまるのか。横地どの、覚悟を決めてかからないと泣きをみるぞ」

「十兵衛どの、脅かさないでください。よし、田茂三親分、完次、播磨屋に乗り込んで角兵衛に話を聞いてくれ。店のおもだった者にもな。番屋によんでも構わないぞ」

「角兵衛は何も話さないだろう」

「それでも粘り強くやらなければ」

「その気持ちが大切だ」

　十兵衛も解決の糸口を胸のなかでさぐっていた。

日本橋川の鎧ノ渡から南へ少し行くと、山王御旅所があり、山王権現の前の合掌鳥居をくぐって祈願する人々は後を絶たなかった。

茅場町のお薬師様を祀ってある薬師堂は、同じ敷地内の左手にあって、もともとは御旅所の別当寺（智泉院）として造られた。眼病に効験があると伝えられている。

「おん　ころころ　せんだりまとうぎ　そわか。おん　ころころ　せんだりまとうぎ　そわか」

多くの人々を病から救い給えと、深く心から薬師様の真言を唱えながら桃春は、気持ちを整え、新たにし、人々の安らぎを願う。真言を三回唱えて無心になれないときは、七回唱える。今日は三回で気が満ちて穏やかになった。

これから室町三丁目の越前屋への徒歩鍼行がある。桃春はひと足先に家を出て、いつものように薬師如来にお祈りし、千代と十兵衛を待っていた。門前の傘屋の店が立ち並ぶ先から、千代と十兵衛がやってくるはずだ。目の見えない桃春は、二人の姿を想像するだけで幸せに包まれる。人の声や、息遣いだけで桃春には人となりを探ることができる。そのためにはいつも感情を平らかにしていなければならないが、それも慣れるにしくはないと思うこのごろだ。

二人がやってきた、目の前に。

「えっ？」

桃春は、少し身を固くする。もう一人誰か。

「お嬢さま、銀次郎さんがお見えになって。お連れしました」

そう、銀次郎のやさしい匂いがする。見えない目を大きく開こうとする桃春。

「桃春さま、お変わりありませんか？」

「はい。銀次郎さんもお変わりなく」

十兵衛が、近くの床机《しょうぎ》を指して、

「そこで休もう」

と誘う。お茶が出てくる時間ももどかしく、

「六代目、弟さんはその後いかがですか？」

と桃春は、気にかけていたことを問いかける。

「はっきりしたことはまだ藪の中ですが、悌七が仕事も頑張り、何かに耐えている様子だけはわかりました」

お茶が出て銀次郎はひと口、舌をしめらせた。

銀次郎が話したのは、山王祭での賭けのこと、越前屋の娘と仁平のこと。悌七は思いもよらず娘に心を動かされたことも告げた。でもそれは仁平に先を越された形だ。

そして親や周りの人にお膳立てをしてもらって、上方に鍼磨り修行に逃げ出したことを卑怯者と自嘲する自分がいて、呵責なく自分自身を責め立てる自分もまたいて、闘う日々を過ごしていた。

銀次郎は、弟の葛藤を知った。

「悌七さんもつらかったのね」

桃春は男女のことは、親の考えもあるので想像を超えて思い描くことはできなかった。

「越前屋の主が、何か秘密を隠していそうな素振りが見えたのは、そのあたりのことなのか。娘は山王祭の踊り屋台に乗るような女子だったとは」

十兵衛はよみうりからもそんな話題は伝わってこなかったので、今さらに驚いた。祭の華やぎが大きければ大きいほど、生まれる陰は限りなく深く広く人々を覆っていく。しかし、若い人のそれは大切な経験となることも十兵衛は知っている。

銀次郎は懐から小箱を取り出して桃春に渡した。桃春は受け取った小箱を子猫を抱くように胸に抱えて、顔をほころばせた。

「新しい三稜鍼です。ぜひ越前屋さんの療治に役立たせてください」

銀次郎が千代から越前屋の様子を聞いて用意してきた鍼だった。

銀次郎は薬師様にお参りしてから帰ると言って床机から腰をあげた。

十兵衛たちは室町三丁目の越前屋又右衛門宅へ徒歩鍼行に向かった。

いつものように千代が先頭で真ん中に桃春、殿《しんがり》が十兵衛である。桃春は千代にくっつくようにして歩いている。

朝からの好天で道行く人の顔も輝いてみえる。木の下陰の暗がりがいっそう深い。

十兵衛はなぜか浮き浮きして歩いていた。

「十兵衛さま、鼻歌が聞こえそうですけれど」

千代が振りかえって言う。

「ほお、そんなふうに見えるかな」

「はい、いいことがありまして？」

「とんでもない。この歳だとそうそういいことはやってこないみたいだ」

「それでも嬉しそうですね」

「いや、天気がいいので越前屋の隠居がまた庭いじりに滝野川からやってくるかなと思ってな。面白い爺さんだ。滝野川に来てくれと誘われているのだが」

「いらっしゃればよろしいのに」

「弁柄屋の主人も一緒にと言われてな」

「ますますよろしいんじゃありません。ねえ、お嬢さま」

「父と十兵衛さまが滝野川まで二人で。どんな旅になるのかしら。わたしもついて行きたいわ」

「お嬢さまが行かれるのでしたらわたしもまいります」

「そんな大勢でおしかけてはご老人は難儀するだろう。随分な田舎みたいだぞ」

「十兵衛さまの八溝よりもですか」

「いや、八溝はもっともっと田舎だがな」

そんなことを言っているうちに越前屋についてしまった。越前屋又右衛門は肌の艶などは健康そうにみえた。

いつもの手順にそって桃春と千代は奥の部屋で治療に専念した。

内儀のおしげが茶の間に残って十兵衛の話相手になってくれた。

「今日はご隠居様は」

「ほほ、見えてます」

「達者ですね。いつ隠居なさったのですか」

「もう五年になりますでしょうか」

「それまでは大行事もつとめられて」

「そうです。母もずいぶん苦労いたしました」

「亡くなられたのですか」

「はい」

「では滝野川にはお一人で」

「いえ、下働きの者や通いの者がいますので」

「それにしても元気なことです」

十兵衛は言いながら立っていって庭を眺めた。

内儀は湯呑み茶碗を片付けながら台所にさがっていった。

踏み石に置いてある下駄をつっかけて十兵衛は庭に降り立った。

池の側の松の根方に隠居は腰掛けていた。首のまわりに手ぬぐいを巻いている。

「ご隠居、お久しぶりでござる」

「お手前は十兵衛どの」

「ご精がでますね」

「今日は暑い。年寄りには毒じゃよ」

「とてもそんな風には見えませんが」

「今日も鍼の用心棒か」

「そうです」

「ほかに仕事はないのか」

「これでもお役にたっているようでして首になりません」

「弁柄屋さんは分限者だから鷹揚なものでな、一度雇ったらやめてくれとは言わないものだ。それに甘えちゃいけない」

「ごもっともです」

十兵衛は殊勝に頭をさげる。

「いつ滝野川に来るのだ。弁柄屋さんともゆっくり話したいものだ」

「かならずお邪魔いたしますのでいましばらくご猶予ください。ところでひとつお伺いしてよろしいですか」

「なんだね」

「人形町の播磨屋さんはご存知ですか」

「角兵衛ですか」

「そうです。播磨屋角兵衛」

「角兵衛がなにか」

「播磨屋の番頭が親父橋で殺され、その後、播磨屋さんも何者かに乱暴を働かれたようです」

「ふむ。播磨屋は急に身代を大きくしたからお店の者の成長がそれに追いつかなかったのだ。もちろん角兵衛自身もな。わしのほうは角兵衛に金を融通したが、こちらも商売だから金を遊ばせておくわけにはいかないのでな。土地を買ったり、店を買ったりのうちはまだ良かったが、そのうち角兵衛は綱渡りをするような金の貸付にはまっていったのだ。それは番頭たちが競って儲けに走った結果でな、やむをえないといえばそうであるがわしは気に染まなかった。それで角兵衛とは距離をおくようにしたのだ。それからも播磨屋は大きくなったがな。角兵衛も金だけじゃ世の中幸せになれないとわかっていたろうが金の亡者になるしかなかったのだろう」

「越前屋さんはその後も播磨屋さんと」

「いまは婿にまかせているでな。どうなってるか。こうしてここにわしが来ることは煙たいようじゃ、わっはっは」

老人が意味不明なことをいったのが十兵衛は気になった。

「播磨屋さんはどうして金の亡者に」

「いや、あの人の業というものじゃろう」

老人は十兵衛の期待した答を示さなかった。賢明な人間は相手に思考する機会を与えるようである。老人もそうであった。


治療が終わった三人は、約束通り浮世小路の団子屋に寄った。

十兵衛のおごりでそれぞれ五串の団子を注文した。お茶も乾いた喉にことさらおいしく感じられる。

「越前屋の症状はよくなったようかな」

「とても改善されました。今もまだお眠りになっているのではないかしら。長いと半刻は目がさめないものです」

「それは気持ちがいいだろうな。いちど桃春先生に診《み》てもらおうかな」

「いつでもけっこうですよ」

と桃春が微笑《ほほえ》む。

「十兵衛さまはどこのお具合がいけないのかしら」

「ときどき頭痛がするかな」

「お嬢さまの用心棒以外のことをするからです」

十兵衛は困ったな、という顔になる。

「捕り物は兄たちにまかせておけばよろしいんです。十兵衛さまが捕り物に加わってなんの得があるのです。危険ばかりです」

「いや、お千代どのそれはいささか手厳しいのではないか」

「いえ、酔狂にすぎます」

「酔狂！」

「愛するひとがいたらどんなに嘆き悲しむことかしら。幸い十兵衛さまにはいらっしゃらないからよろしいけれど」

「桃春どの、助けてくだされ。お千代どのにはかなわない」

「十兵衛さま、強いおとこはおなご衆に弱くていいのですよ」

結局、十兵衛に味方するものはなかった。江戸市中を若い娘ふたりと歩いて用心棒と称しても滑稽にうつるばかりではないかと十兵衛は思う。しかし、徒歩鍼行を始めてからは八溝の家中から放たれる刺客がぱたっと姿を見せなくなったのも不思議だった。如月十兵衛こと山名信時は江戸の市井に埋もれてしまって相手にするには及ばないと思われたのかもしれなかった。

十兵衛の胸を焦慮の風が吹きぬける。

「さあ、お団子がきましたよ」

餡、胡麻、みたらし、黄な粉がどれもうまそうに並ぶ。

千代は胡麻とみたらしを取って胡麻の方を桃春に渡した。

「はい、お嬢さま」

「ありがとう」

「おいしいわね」

同じやりとりがあって十兵衛はほのぼのとする。人の営みには八溝の自然の厳かさに劣らぬ愛がある。

三人が弁柄屋にもどると、昨日と同じように横地作之進が中間といっしょに店の前で待っていた。

このあたりは酒の問屋が多く荷車の行きかいも盛んだ。

「あら、兄さん」

「やあ、お帰り」

「ただいま」

「今日はどちらまで」

横地作之進は三人に向かって問いかけた。千代が、

「越前屋さんまで。兄さん、十兵衛さまにあまり捕り物の加勢をお願いしないでね。頭痛がする

そうですから」

「えっ、まことですか」

横地作之進は目を丸くして十兵衛を見る。

十兵衛は目の前で手を振って笑っていた。

「千代、いい加減なことを言うでない。十兵衛どのはお江戸のために率先して協力を申し出ておられるのだ」

「まあ」

千代と桃春が、あきれた、と言って大笑いした。

十兵衛は横地作之進の袖をひいて、逃げるようにして例の蕎麦屋にと足を向けていた。

「やれやれ、若い娘ふたりには太刀打ちできない」

「兄として躾《しつけ》のいたらなさをお詫びします」

「あはは、痛みいる。しかし、しっかりしたいい女性だ。なにも心配はいらない。ところで播磨屋のことか」

「ええ、播磨屋は知らないごろつきに絡まれて、散々小突き回されたあげく財布を奪われたというだけで、どこの誰がやったかはまったく知らない、と取り付く島もなかったようです」

「やはりそうか」

「責め問いにかけるわけにもいきませんし、弱りました」

「しばらく播磨屋から目を離さないように田茂三親分に頼んでおくといい」

「そうします」

「高島の旦那のその後は？」

「すっかり悄気《しょげ》きってます。これから千曲にいって酒の相手です」

「それは気の毒な。同心のお役も大変だな」

「十兵衛どのが羨ましいです。いつも気ままそうで」

「それは大層な言いようだ」

「しばしば思うのですがいつ御家中での名誉を回復されるおつもりですか。いつまでも江戸にいて用心棒ごっこはないでしょう」

「あはは、心外なことを」

「いや、わたしは十兵衛どのと昵懇になって嬉しいのですが、十兵衛どののお立場を考えられたら小うるさいお千代なんかと、江戸市中をうろうろするなんてのはなんの得にもなりません」

「いや、お主のいうのも宜《むべ》なるかな。しかし、大事なこの役を途中で放り投げるわけにはいかない。この役目にもいつかは終わりがあるだろう。それまでは引き受けた以上やりとおすのが筋と思う」

「十兵衛どのがそう思われるなら反対はしません。ただ、ご自分のことももっと考えられたらよろしいのにと思うからです」

「かたじけない。今度の事件が決着をみたらよく自分の足元をみつめてみよう。高島の旦那によろしくな」

十兵衛は横地作之進の肩をたたいて蹌踉《そうろう》と店を後にした。

急に十兵衛を孤独が襲った。

町は日暮れてきて東の空あたりは青紫色ににじんでいた。西の空にはまだ地平線あたりに明るさが残っていたが、かえって家の陰になった往還や狭い路地は、薄暗い闇がいっそう濃くなってそこを通る人間を神隠しのようにのみこんだ。

第四章　滝野川の鮎

一

田茂三が人形町の自身番から坂本町の家に帰ってみると珍しく客人があった。

おこのが濯ぎをもって出てきた。

「誰だい？」

「深川の鉄五郎親分です」

「八咫が」

乾いた雑巾で水気をぬぐって田茂三は茶の間にはいった。

「待たせたな」

「おう、二腰の。留守のところ上がり込んじまってすまねえ」

「いや、気にすることはない」

「おこのさんもきれいな娘さんになって、感心したぜ。おれも子供がいりゃあ、あんな娘が欲しかったな」

「おいおい、娘を褒めに来てくれたのかい」

「いやぁ、そうじゃないんだが、ついな。お世辞じゃねえんだ」

「ありがとよ。急ぎの用かい」

「ちょっと、神田まで来たもので久しぶりにお前さんの顔を思いだしたんだ」

「まあいい、一杯やろう」

頃合いもよくおこのが酒を運んできた。

独活《うど》の酢味噌和えが小丼に盛り付けられていた。

「こうして八巴と呑むのはいつ以来かな。深川の花火のときにおよばれしたが、あれはいつだったか。まだおこのも小さかった」

「おれのかみさんもきれいだったがな」

「おい、こんどはお惚気《のろけ》か」

「うわっはは、おめえの前でかみさんの話をしちゃ気の毒だったな。許してくれ。そうはいってもおめえもいい後添えがいるな。今度、深川あたりのいい姉さんをみつくろってやろう」

「その深川だが、あれからどうしたい」

「それだ。おんなが帰ってきたろ。船で避難した子供たちももどっていつもどおりになったのだが、どうにも活気が出ねえ」

鉄五郎の声が沈む。

「客は変わらずに掃いて捨てるほどいるんだが、子供屋のおやじたちの元気がないんだ」

「なにかあるのかい」

「それをいま調べさせているんだ」

「それは播磨屋がからんでいるぜ、たぶん」

田茂三は鉄五郎の目を見る。

「深川の連中は播磨屋から相当商売資金を借りているだろう。今度の一件で播磨屋は金の貸付先を洗い直しているとおれは思うがどうだ」

「怪動の件も絡んでいるのか」

「奉行所で内与力と同心がやめたのは知ってるだろう」

「ああ、与力はよく知らないが西山の旦那がやめたのには驚いたよ。あの人からは手札をもらっちゃいねえがな、しぶとい旦那で今度の件では危ない橋を渡ったらしいが、こんなことでくたばる人じゃないぜ。それとな」

と言って鉄五郎は、少し田茂三に顔を近づけて続ける。

「仲町の伊呂波という茶屋の親父が変わったぜ。この世界じゃ、跡継ぎは倅とか養子とか番頭とか、だいたいがみんなが知ってるやつが仲間として認められて、茶屋とか置屋の旦那におさまるんだがな。伊呂波はもともと後ろに別口の大旦那がいるという噂はあったのだ」

「前の親父は飾りというわけか」

「飾りかどうかは知らないがほかの店とは違ってたということよ」

「伊呂波は商売はうまくいってるのかい」

「まあ、それなりにだな。とりたてていうほどのものじゃない」

「ふーん、なにか裏があるのか」

「おれの縄張りだから目を皿にしてやってみるさ」

「無茶するなよ。おまえさんのところは抱える人間が、多いのだから連中を路頭に迷わしちゃならねえからな。また博打打にもどったり、小悪人になったりするやつがいねえともかぎらねえからな」

おこのが小鯛の焼いたのをもってきた。

八咫の鉄五郎は酒も肴もうまそうに口に運ぶ。阿漕なこともやっているのだろうが、面倒見てる者が十人の余もいればそうそう柔な渡世というわけにはいかない、と田茂三はみていた。

「ところで二腰の、如月十兵衛という浪人は知り合いか」

「ああ、横地の旦那の紹介でな」

「旗本んとこの凄腕の浪人を斬ったのは知ってるか」

「ああ、それとなくな」

「そんなに強いのか」

「負けたことがないらしい」

「ほお」

「しかし、相手を倒すところを見たものはほとんどいないので、その強さは誰も知らないといっていい。ところが如月十兵衛が、悪人腹を斬ったようだという噂がながれると、確かに事件は落着をみるのだ。ということはやはり如月十兵衛が斬ったことになるだろう」

「じゃ、ほとんど一人で敵をとっちめてるというわけか」

「そうかな」

「いったいどんな浪人だい」

「北のさるご家中のご中老様だよ」

「えっ、出奔したのかい」

「詳しくはきいてないが。ご家老一派に追い落とされたようだ」

「へえ、剣の力だけじゃだめだったというわけか」

「いや、前藩主に危難が及ぶことを避けたかったようだ」

「ふーん、家中に騒動の種があると改易の憂き目にあうと。それで身を捨てて家中の危難を救ったという見上げた話になるのかい」

「さあ、そこまでは知らないが」

「今は江戸で素浪人かい」

「いや、用心棒」

「用心棒！」

「南茅場町の材木商弁柄屋の娘さんの用心棒だ」

「弁柄屋の。木場にでかい材木置き場を持ってるあの弁柄屋。なんだってその娘の用心棒に」

「聞きたいのか」

「そりゃ」

　ひととおり田茂三が十兵衛のことを話すと鉄五郎はうなって感心した。

「凄い用心棒だな」

「そうなんだ。それでもう弁柄屋のお嬢さんを襲ってくる悪党は一人とていないのさ。ところが弁柄屋は十兵衛どのが用心棒についていなければ娘を鍼の仕事で外に出さないと固く決めているから十兵衛どのも用心棒をおりられないというわけだ」

「それじゃ、腕がなまるだろう」

「ところがよくしたもので娘さん、桃春先生というんだが、治療に行く先々に驚くような事件の種が隠されていて、十兵衛どのも看過できない仕儀に陥るというわけさ。それに桃春先生に手足となってついて歩いているのが、おれが手札をいただいている横地の旦那のお千代さんという妹さんなのよ。それで横地の旦那もつい捕り物の話をしてな、十兵衛どのを巻き込んでしまうという寸法さ」

「へえ、一度見てみたいな。どこに住んでいるのだ」

「行徳河岸の船宿となっているが、そこにばかりいるとは限らないようだ。ときどき刺客があらわれるようだから」

「ますます会いたくなってきたな」

「弁柄屋にいけば会える」

田茂三は不思議な話に聞き入る少年みたいな鉄五郎に驚いていた。話している田茂三も話しながら十兵衛の不思議な魅力にあらためてひきこまれた。

「二腰の、馳走になったな」

「駕籠をよぼうか」

「いや、それには及ばねえ」

鉄五郎親分またおいでください、というおこのの声を背に鉄五郎は帰っていった。

「今日は鬼怒川の田舎の話はでなかったわね」

「そうだったな。事件もまだ終わっちゃいねえからのんびり田舎の話というわけにいかなかったかな」

父娘の会話はたいがいそれくらいのもので、家の中はひっそりと五月闇にとけていった。

次の日は、朝から雨模様で雲が低く町の屋根の上をおおっていた。

田茂三は裏南茅場町の引き合い茶屋に顔をだしてから、鉄五郎のいっていた仲町の茶屋伊呂波をのぞきに行ってみようと思った。

富岡八幡宮前の大通りを、土橋の方に行く途中の左手に仲町の岡場所がある。

看板が出ていてそこが子供屋の入り口になっていた。入り口を入ると左右に四、五軒の置屋が並んでいた。店はどれも似たような大きさだ。

その置屋の裏道を一本挟んで永代寺の境内が広がっている。

茶屋伊呂波は大通りを挟んで置屋の向かい側にあった。昼前のせいか町全体が小雨にうたれて眠りからさめないようだった。

店先からなかをのぞいたが、主人らしい者は見あたらない。何度か店の前を行ったりきたりくりかえしたが、状況は変わらなかった。

裏にまわって大島川の桟橋に行ってみると、何艘か小船が舫っていて、着岸するものや大川に舳先を向けていく船もあった。

雨はやみそうにしてなかなかやまない。

田茂三は永代橋を渡るときは笠を頭にのせていたが、雨にうたれているうちにからだが冷えてきたので、とうとう岡っ引には不向きな番傘をさすことになった。

がたくり橋のむこうに木置き場がひろがり、その先は洲崎の埋立地。そこから先は江戸の海が満々と水をたたえている。

目をふたたび大島川の桟橋にやったとき、船着場に猪牙《ちょき》からおりる男女の姿があった。

芸者姿のおんな、――は知らない。おとこは――おとこは――。

田茂三は細い雨の筋を脳裡に残してその場に昏倒していた。


頭に手をやると膏薬が貼ってあり、その上から包帯が巻いてある。思うように首が回らず、頭の奥のほうがずきずきと痛い。

見たことのない天井だ。長く目を開けているのが辛い。

誰かが部屋に入ってきた。

「親分、気がつきました?」

田茂三は回らぬ首で声の主にからだを向けた。

「粂次……」

粂次の側にひとり若いおんながいる。

「誰だい」

「この子が親分を助けてくれたのよ。わたしの妹分で黒助」

「黒助姉さんがどうして」

「親分が伊呂波の前をうろうろしてたでしょう。黒助はずっと見てたみたいよ。そして桟橋の方へ行って、じっと船を見てた親分を、棒でなぐったおとこが逃げていくところも」

「やはり殴られたのか。首から背中に激痛が走ってそれきりになってしまった」

「黒助がわたしのところに知らせてきたの。まさか親分と思わなかったけど黒助に感謝しなきゃ。自身番に知らせずに私にしらせたのだからね」

「それはすまなかったな。黒助姉さんありがとうよ」

「よかった。後ろから襲うなんて悪い奴だと思ったのね、それで助けなきゃと駆け出して。自身番は信用ならないから粂次姉さんを呼びにいったんです」

「まったく機転が利く子だよ」

「逃げたおとこは伊呂波の裏口のほうに駆け込んだように見えました」

「あそこにはなにかあるな……ああ、痛っ」

「ああ、親分、もういいよ。無理に話さなくてさ。医者にはちゃんと手当てしてもらったからゆっくりおやすみなさいな。あたしが親分の知りたいことを枕元で話してあげるからさ、子守唄代わりに聞いてねんねしな。おこのさんには深川に泊まることを知らせておくよ」

「すまねえな」

「伊呂波のことから話そうね、親分」

粂次はどこでどうして拾ってきた話か、深川のあれもこれもを田茂三の枕元で語りだした。

粂次の話は懐かしい母親の話だったり、若い頃にだまされた男の話が交じったりしたので、田茂三の緊張は長く続かずいつの間にか深い眠りにおちていった。

翌朝は、雨もすっかりあがり豆腐売りの声が聞こえてくる。

田茂三は寝汗をかいたようだが、よく眠れた。頭痛はまだおさまらない。

「親分、おはよう」

粂次が笑顔であいさつする。

「朝ごはんを用意したから。すこし食べないと」

「食欲がないな」

「おかゆを炊いたから召し上がりなさいな。その前に井戸で顔を洗うといいよ。歩ける？」

粂次は田茂三を助けて床からひき起こす。

「まるで年寄りだな、これじゃ」

「ほほ、変な感じね」

「あはは、妙な感じだ」

やっと寝間から這い出した田茂三はふらつく足取りで洗面にむかう。

心配げにみている粂次の足元に二匹の三毛猫がからだを摺り寄せてきた。

「はい、はい。おまえたちにもご飯をあげるよ」

粂次はいっぺんに忙しくなってしまったが、身のこなしにいつもと違ったはずみがあった。

田茂三は鯵のひものと梅干でおかゆを食べた。味噌汁は豆腐とねぎがはいっていて思いのほか食べられたので急に元気がでてきた気になった。

「粂次、ありがとう。うまい朝飯だった」

「そう。良かった」

「昨日はおまえさんにいろいろ話してもらったようだが、途中で寝てしまったな」

「いいんですよ。子守唄だって言ったでしょ。知りたいことがあったらまた深川にきてくださいな。親分だったらいつでも歓迎ですから」

「すっかり世話になっちまったな。おめえに借りができちまった」

「そんな言い方はいやですよ。あたしと親分のあいだには借りも貸しもないんです」

田茂三は粂次のいれてくれた茶を飲みながら、岡っ引渡世の明け暮れにぽつんと灯がともるのを感じた。

表に人の声がした。

「はぁ～い」

粂次がお盆を抱えたままでていった。

「あら、あらぁ」

粂次の声。

「親分、おこのさんですよ」

さらに大きい粂次の声。

田茂三が出ていくとおこのが青白い顔をして立っていた。

「おとっつぁん、大丈夫？」

「ああ、心配かけたな。粂次姉さんにすっかり世話になった」

おこのは粂次に頭をさげた。

「坂本町にもどったらもう一度医者に診てもらったらいいよ。親分、おこのさんの言うことを聞いて今日、明日は無理しちゃいけないよ。ここに昨日もらった膏薬があるからこれも持っていって」

「お姉さん、すみません。なにからなにまで」

「いいよ。気をつけて帰るんだよ」

仲町の粂次の家を、田茂三とおこのの親子は肩を寄せるようにして後にした。

一の鳥居のあたりで、

「駕籠にする？」

「いや、ゆれるからかえって頭が痛くなる」

「まだ痛いの？」

「いや」

そんなやりとりをしながら二人は永代橋の東詰めまで来ていた。どこからともなく人があふれ出てきて、その群衆のなかのちいさな小豆の粒のようになって、二人は永代橋を越えて行った。

二

粂次からああも言われたが、田茂三は一日たりともじっとしていられなかった。

猪牙からおりた男女のうちおんなは知らない芸者だった。おとこは笠をかぶっていたが、あれは西山の旦那に見えた。もっと目をこらして見ようとしたとき、一撃をくらったのだ。

粂次の子守唄によれば伊呂波の陰の主は内与力の南雲さんとどこかの殿様らしい。それと寺社も一枚噛んでいると。やつらは子供屋も陰で営んでいたというのだ。そこを足がかりとして播磨屋から金を引き出していた。怪動騒ぎもそこらあたりからきているというのが粂次の話だった。

どこで聞き出してきたのか粂次は田茂三が探っていたことをいとも見事に子守唄できかせてくれた。

田茂三は行徳河岸の船宿小張屋に十兵衛をたずねた。十兵衛は徒歩鍼行を終えて七つ半（午後五時）には宿にもどっているということだった。

「親分、どうした、その頭は」

顔をあわせた途端、十兵衛はびっくりしたようだ。

「大袈裟なこってすみません」

「大丈夫なのか」

「心配いりやせん。それより十兵衛の旦那、大方の様子がわかってきました」

「ほう」

「あの怪動の一件は金のいざこざに間違いありません」

「というと」

「仲町に伊呂波という茶屋があるのですが、これをやっているのが南雲と旗本らしいですよ。たぶん、この旗本は長瀬あたりだと思いますが。当然、同心の西山の旦那も噛んでいるでしょうが、やつらは子供屋もやってるらしいです。それで播磨屋から金を借りているという具合です。あわせると五百両近いという話も。連中との相手が卯吉だったわけで、卯吉は播磨屋角兵衛の意向もあって、連中の更なる貸付を拒否したところ、連中は脅しをかけるためとんでもない手をくりだしたというわけです」

「それが怪動というわけだ」

「そうです。間違いなく店はつぶれますからね。店がつぶれりゃもちろん店は困りますが、金を貸し付けていい思いをしてきた播磨屋も、資金を回収できずに立ち往生するわけです」

「蝙蝠長屋で卯吉の家を家捜ししたのは？」

「長瀬でしょう。奴らは貸付の元帳を探してたのではないでしょうか。借金を棒引きにしようとして」

「棄捐令《きえんれい》の真似事かい。そんなことをしたら播磨屋は財布の紐をしめて、一文も出さなくなってしまうけれど」

「そうなんですが」

「越前屋はそのへんのことを見越して、播磨屋に資金を流すことを止めたというわけだな」

「そうでしょうね。もともと越前屋も土地の沽券や株にばかり投資してたわけでなく小口でせこく稼いでいた頃もあったようです」

「しかし長瀬たちはどうして播磨屋からそうも多額の借金をして、そのうえまた借り出そうとし、あわよくば棒引きにしようとするのだろう。そんなに無理無体がとおるとは思えないのだが」

「あげくに卯吉を殺してますね」

「そうだ。いくら番所に内与力あたりの味方がいてもそうそう世の中甘くはないのではないだろうか」

「ほかに後ろ盾でもあるんですか」

「さあな」

十兵衛には気になることがいくつかあったが、それらが像を結ぶにはまだ時間が必要だった。

「親分、その頭じゃ酒はからだに毒だから、うどんを食べよう。江戸では蕎麦ばかりだから珍しいだろう。時雨《しぐれ》うどんだ」

「時雨うどん？」

「大根おろしが山のようにのっているのだ」

「へえ、いただきます」

女将のおかつがどんぶりをふたつ持って二階にあがってきた。

おかつ手ずからの糠漬けのきゅうりも添えてある。

「親分は滝野川の紅葉狩りには行ったことはあるかい」

「ええ、自慢じゃありませんが月見、花見のたぐいはまったくの不調法で。江戸の町を這いずりまわってますが、名所旧跡に足をとどめる機会も滅多にありません」

「そうかい。まあ、そうしたものだろうか」

「滝野川がどうかしましたか」

「越前屋のご隠居が、一度遊びに来てくれといってくれるので、せっかくの好意を無にしてはいけないかなと思ってな」

「それは是非おいでなさい」

「それにすこしばかり気になることがあるのだ」

かつお節をふりかけ、醤油をたらした素朴なおろしうどんを腹におさめながら、十兵衛は越前屋のご隠居の意味ありげな顔が頭をよぎる。

「あっしもご一緒してよろしいんですか」

「そうしたいところだが、ご隠居は弁柄屋の主人と来てくれと言うのでな、親分には一緒にそのご隠居の家まで行ってもらってその家の様子やまわりのことなどよく見てもらいたいのだ」

「わかりました。いつおいでになります」

「弁柄屋の茂左衛門どのの意向もあるだろうが明日、明後日のうちには行きたいものだな」

直截に茂左衛門に都合をたずねてみると、案に相違して明日でも明後日でも構わないと言う。

十兵衛は明日にでも行きたかったが、越前屋のご隠居の都合もあるだろうからと明後日に訪ねることを知らせてつかわした。

これを聞いた桃春も千代も随伴を申し出たが、十兵衛は丁重にことわった。

「まあ、おんなの足だからってご心配にはおよびません。お嬢様もわたしも日本橋のまわりをまわっているだけで遠くまででかけることは滅多にありませんのでぜひ一緒にまいりたいのです」

「連れていきたいのはやまやまなのだが、先方のご指名なのでな、今回は茂左衛門どのとおとこ二人の旅だ。許されよ、お千代どの」

それでも千代はくいさがったが、桃春ははやばやとあきらめたようだ。

「十兵衛様、この埋め合わせはきっとしていただきますから」

千代はそういってやっとあきらめた。

その日は明け六つ（朝六時）には十兵衛も田茂三も弁柄屋の前に来ていた。

天気は雲の多い朝だが、歩くにはちょうどよい日和かもしれない。十兵衛は途中まで駕籠にしますかと茂左衛門に気遣ったが、茂左衛門は歩くことに決めていたようだった。

茂左衛門は背中にずいぶん大きな打飼いを背負っていた。足拵えはお山に行くようなしっかりした装備でいかにも歩き慣れているようだった。

十兵衛も雪駄ではなく草鞋拵えで野袴に小袖を着ている。笠は茂左衛門が田茂三の分まで用意してくれていた。

筋違御門を出て湯島の聖堂と神田明神社の間の湯島通りを北へ向かっていく。

滝野川までほぼ三里。一刻半（約三時間）の道程である。

田茂三はあたりに目をくばりながら二人より五間（約九メートル）ほど後ろをついてくる。

加賀殿の広大な屋敷が続き、それが途切れたところが駒込の追分である。追分は道がふたつにわかれるところだが、ここも南側の道は中山道、北側の道をとると奥州街道につながっている。

十兵衛たちは中山道を巣鴨に向かった。

雲はうすくなってところどころ青空ものぞいている。十兵衛は額にうっすらと汗をにじませていたが、茂左衛門の大柄のからだは疲れもみせず、顔はわずかに上気してるが汗ひとつかいていなかった。

「茂左衛門どの、すこし休まれますか」

「まだ疲れてもいませんが、ちょっと休憩しますか」

「あそこに寺社が見えますから境内の片隅を拝借しましょう」

片側町をすこしはいったところに大きな寺があった。まわりは畑ばかりである。

日本橋から一刻ほどがたっていた。

茂左衛門が背中から打飼いをおろすと、なかから大きな握り飯を取り出した。

竹筒に水も用意してあった。

田茂三も合流して、三人は日陰になっている桜の木の根方の雑草の上に腰をおろした。

「茂左衛門どのは健脚ですね」

「山で鍛えたからいまもって歩くのは苦にしないようです」

「今年もまたお山に」

「秋には行かねばなりません。火事があるとどうなるかわかりませんけれど」

「これからは安心でしょう」

「そうです。十二月から三月くらいは警戒しなければなりませんから買い付けもそれ次第でむつかしくなります。いまは買占めたりするととんでもないことになります。かといって儲かるときに売るものがなにもないのも商売に瑕瑾を残すことになります」

「むかしの奈良屋や紀伊国屋みたいにはいかないということですか」

「そうですね」

茂左衛門は奈良屋、紀伊国屋には興味がまったくないようなそぶりだった。

「十兵衛様にはご迷惑をおかけして申し訳なく思っています。さきはわがままな娘ではないのですが、意思がはっきりしているといいますか、こうと思いこむとあとにひきません。わたしでさえ手綱をあやつるのに苦労ばかりですが、十兵衛様はなにごともなくこれまで面倒をみてくださいました。その間、さきの仕事ぶりを世間の皆さまは評価してくださり、さきは大変な生きがいをみつけました。一時は絶望の毎日をおくっていたわたしどもは舞い上がるような幸せものになりました。商売がどれほどうまくいってもこれほどの喜びをわたしたちにもたらしてはくれませんし

弁柄屋茂左衛門が、家族の話をするのを十兵衛は初めて聞いたように思った。

「今日、わたしが十兵衛様と滝野川への旅を快諾いたしましたのは一度きちんとそのことをお伝えするいい機会だと思ったからです」

「わたしも口入屋の富蔵に感謝しなければなりませんね」

「富蔵さんはいまも木舞掻きを」

「博打からはとおざかっているようです」

「うちで働くわけにはいきませんか」

「それは喜ぶでしょう。なにかのきっかけがあればよろしいですが」

「一度、声をかけてみましょう」

「茂左衛門どのは越前屋のご隠居とはなにか」

「この材木商というのは、火事とはきってもきれない縁がありまして、火事がおきれば江戸の住

人はすべてが烏有《うゆう》に帰してしまうわけです。いっぽう材木商は有卦《うけ》に入《い》って大儲けします。しかし商売は儲けるだけではなりたちません。わたしは、というより代々弁柄屋は火事になれば、弁柄屋が所有する家屋敷を、すべて焼け出された人たちに開放して、炊き出しから怪我人の世話まで、やれるところまでとことんやります。食べ物はあっても足りないのは着る物です。古着屋なども焼けてしまって、まったく払底してしまいます。ところが質屋の焼け残った土蔵には質入の着物がたくさんあります。

それを越前屋弓右衛門に供出させたんです。もちろん足りませんから仲間の質屋からもださせました。越前屋弓右衛門は置主の質草だからそんなことはまかりならんといいましたが、なぁーに置主の質札だって火事で焼けてなくなっているんです。もし、返してくれといったら言い値で買いうけるといったのです。そうした置主はあまりあらわれませんでしたが。けっきょく相場より高い金で質草の着物を、焼け出された人たちに着てもらったりしたのです。そんなことがあってから、越前屋弓右衛門も火事があると仲間に声をかけたりして、以前より安い値で着物をだすようになったのです」

「越前屋さんも古いお店だそうですね」

「弓右衛門が七代目ですから弁柄屋より古いくらいです」

「じゃ、八代目は養子さんですか」

「そうですね。番頭から入り婿になった人です」

「商売はうまくいっているのですか」

「ひところは嫌な噂もありましたが」

「それは」

「あそこも何人も店のものがおりますので、それなりに競争があるのでしょう。質屋も質草をとって、利息だけもらっての商いは安全であるにしてもうまみがない。そこで脇質並の貸付をしてひどい取立てを平気でするものがあったようです」

脇質はもぐりの質屋である。高い利息で貸付けて、返済が滞れば恫喝まがいにして取り立てるのだ。

「それは弓右衛門さんの頃からですか」

「弓右衛門が隠居する前後のことだろうか」

「じゃ、いまの越前屋又右衛門になってからは無くなったと」

「いや、すこし巧妙になっているのじゃないか。貯めた金は生かさなきゃならないから」

同じ大店の商人でも、その扱う商材によっては、やり方も儲け方もまたそこで働くひとたちの生き方までも、変えてしまうようだった。

ふたりの話の間、すこし離れたところにすわっていた田茂三は、頭に手ぬぐいをのせていた。手ぬぐいの下から包帯がのぞいていて、まだ全快にはいたらないようである。真新しい浅茅の股引に紺足袋の紐まであたらしい。

むすめのおこのが田茂三の身づくろいに神経を配っているのだろう。

「田茂三親分、水があるぞ。もう握り飯はいいのかい」

十兵衛がいうと、田茂三は側に寄ってきて竹筒の水を受け取った。

「まだ傷は痛むかい」

「いや、おこのがまだ膏薬を貼っておけというもんですから、包帯まいて手ぬぐいをかぶってるわけでして。いやもう痛くもなんともありません」

「そうか。なんだって親分を襲ったのだろうな」

「つつき回されたくなかったんでしょう」

「西山のやつらかな」

「そうでしょう。まとめてふんじばってやりますよ」

田茂三はめずらしく険しい顔をしてみせた。

「さあて、もうすこしだ。茂左衛門どのまいりましょうか」

ここまでくればあと半刻もない。

街道沿いの軒の低い町屋がぽつぽつと続き、やがて茶屋がいくつか並んでいる巣鴨辻町の角を畑地のなかの曲がりくねった道のほうへ三人は歩いて行った。

畑地の先に金剛寺、その奥に王子権現の森がうっすらと見えていた。

滝野川はそのずっと手前のうらうらとした畑のなかの、のどかそうな村だった。

越前屋弓右衛門の家は欅の巨木によりそうように建っていた。家の北側には樫の木が季節風をさえぎるために植樹されており、広い庭の前は、幾種類もの青野菜が植えられたこれも広い範囲にわたっていて、庭と畑の区別がつかないほどであった。

その庭の端に西に向いた土蔵があり、その軒下には大八車や積み上げられた干し藁があった。庭にはにわとりがみみずなどをついばみ、放し飼いされており、のどかさがいっそうつたわってきた。

庭の西側には音無川からの細流が清流となって涼をもたらしていた。

十兵衛が訪ないをいれると、家の裏手のほうから両腕に薪をかかえた下男らしきおとこが出てきた。

「ごめん。越前屋弓右衛門どののお宅で間違いござらぬか」

「さようです」

「如月十兵衛と申す。弓右衛門どのはご在宅か」

「はあ」

「いかがいたした」

下男はきょろきょろあたりを見回した。薪割りをしていて越前屋弓右衛門の所在がわからぬようだ。弓右衛門はかたときもじっとしていないのだろう。

困惑していた下男が、急に真っ黒い顔をほころばせた。

「あれっ、あそこに」

下男が指差すほうに手に籠をさげた老人の姿があった。

「やあ、はるばる遠くまでよくおいでなすった。まさかほんとうにくるとは思わなかったので、なにも準備をしとらんもので、すこしばかりあわててしまった」

そういって弓右衛門は手に持っていた籠を下男にわたした。

誘われるまま、十兵衛と弁柄屋茂左衛門はひんやりする土間の上がり框の板敷きに腰をおちつけ、濯《すす》ぎをつかわせてもらった。

冷たい水に手ぬぐいをひたし、絞って顔や腕や首筋をぬぐった。生きた心地がした。

風の渡る座敷に通され、お茶を喫しているうちに、こざっぱりしたなりの越前屋弓右衛門が二人の前にすわった。

「お疲れでしたな」

「いや、越前屋さんお久しぶりです」

「こちらこそお先に隠居してしまい、弁柄屋さんには申し訳なく思っているところです」

「いいえ、越前屋さんは跡継ぎが立派においでですから、なにも遠慮することはありません。わたしのほうはこれからです」

「娘さんは立派におなりなすった」

「こちらの十兵衛様のおかげです」

「そうそう、この十兵衛どのは端倪すべからざるお人とわしはみてな、すっかり気にいったのでこんな田舎に誘ったわけで酔狂人であるな。ほんとうに来るとは。弁柄屋さんもご迷惑でしたろう。あっはは」

越前屋弓右衛門は小柄なからだをふるわせて笑った。陽に焼けた肌に老人とは思えないはりがあった。

「ここではいつもなにを」

茂左衛門が聞くと、

「畑仕事ばかりでな。それも季節にあわせてやらなければならないので、年寄りには大忙しで病気などしてはおれん。季節はひとを待ってくれないもんじゃよ」

「近所の人との行き来は」

「隣ははるか畑の向こうでな。あまりつきあいはない。ますます人とつきあうのが億劫になるようだがな。そのかわり狸や鹿や猪やらとは仲良くなるぞ。相手が作物を必要以上に荒らさなければだが」

昼の四つをまわり、座敷からは縁側のむこうに庭や畑が気持ち良さそうに横たわっているのが見えた。

弓右衛門と茂左衛門はひとしきり昔の話をしてときに笑いときに感慨にふけった。

話も一段落したころ台所のほうから香ばしい匂いが漂ってきた。

「おお、焼けたかな」

弓右衛門は待ちきれず、立って台所にいった。

座敷にもどってきたときには、胸前に大皿をかかえていた。

笹の葉を敷いた大皿のうえには、炭で焼いた鮎が何匹ものっていた。

「ちょっと中食には早いが、ずいぶん歩いてきたから腹も空いたろう。玉川の鮎だ。茂左衛門どのが鮎が大好物だったと急に思い出してな。季節がちょうどよかった。十兵衛どのは嫌いじゃなかったかな」

「いやあ、滝野川でまさか玉川の鮎を馳走になるとは幸運ですな」

「そうかそうか。思いだしてよかった。玉川の鮎は四谷あたりまでは来るのだがここまでは来ない。それで知っているものに頼んで弁天様の茶屋まで運んでもらったのだ」

弓右衛門が籠をさげてもどってきたとき、籠には鮎が入っていたのだ。

「あとで鮎飯もでるぞ」

下働きのおんなが二人で、膳を並べはじめた。

膳には香の物や、ここでとれた野菜の煮物、手造りの豆腐などが気のきいた器に盛られていた。

猪口もあって酒器の盆をおんながもってきて置いていった。

「女気がなくて寂しいが、それぞれあんじょうよくやってくだされ」

膳には潤香《うるか》がのっており、十兵衛はひと箸口にいれて酒をふくんだ。苦味が口中の酒で踊り、十兵衛は思わず陶然となった。

「弓右衛門どの、これは珍味も珍味、嬉しゅうなりますな」

「鮎のはらわたと子を秋に塩漬けしてな、甕につけておくんじゃ。めったに食べるものじゃないが、好きなものにはこたえられないじゃろう」

茂左衛門もひと箸、ふた箸、舌のうえにのせる。これも陶然とする。

「あはは、田舎じゃせいぜいがこんなものじゃ」

「いや、恐れいります」

人参も大根も甘みがあり、見事な出来栄えだ。もともと江戸のまわりの武蔵野の台地はその地層はやせていて、田よりも畑が多く稲作より野菜や麦など畑作が中心であった。

参勤交代によって、各地の野菜の種が江戸にもたらされて、葱や芋や人参などが江戸市民の台所を潤すようになった。

鮎の塩焼きも適度に脂がのって、はらわたごと食べる。蓼酢が鮎の清涼な姿と味をさらにひきたたせる。

十兵衛も茂左衛門も何匹も何匹も食べた。

最後の鮎飯も至福の最終章にふさわしい味だった。

「なんとこの滝野川に紅葉狩りならぬ鮎狩りに来たとあらば、いったい誰が信じてくれましょうや。越前屋さん、堪能いたしました」

茂左衛門のその言葉が十兵衛にも大袈裟でなくきこえた。

すっかり腹がくちくなったころにやっと九つ（正午、午前十二時）になった。

弓右衛門の家は平屋ながら大きくいくつも部屋があるようだった。

「ここには越前屋さんひとりでお住まいですか」

「いや、家のことや畑を手伝ってくれるものが一緒ですよ。通ってくるものもいます」

「じゃ、寂しくありませんね」

「室町にもいってますしな」

「娘さんたちはここへは？」

「娘？」

「又右衛門さんの内儀の」

「ああ、しげですか。あれらはきませんよ。わしが室町にいくのもあまり歓迎されてないようだがな、意地悪く通っているのじゃ」

又右衛門も家族の話をなぜかしたがらないようにみえる。

「この間、室町でお会いしたとき播磨屋さんの話をしましたが、播磨屋角兵衛さんのことでご隠居は気になることを話されたように記憶していますが」

「はて」

「播磨屋さんは誰かに狙われていませんか。番頭が殺され、角兵衛さん自身も手傷を負わされています。ところが角兵衛さんは自身番での調べでも嘘を並べているようにみえます。越前屋さんの番頭の信造さんが、播磨屋の番頭の卯吉さんが殺された日、卯吉さんにあって今後は資金の用立てをしないと断ったそうです。播磨屋は深川の岡場所の子供屋や茶屋に相当金をつぎ込んでるようです。たぶん、越前屋さんはその傾斜を危険と踏んだのでしょう。播磨屋から資金の引き上げを企図したのだと思います。いっぽう播磨屋の卯吉さんは旗本一味からなんらかの理由で脅しをかけられていました。それでこれまで資金を流していたけれど播磨屋さんもさすがにこれ以上は無理だと拒んだばかりに、卯吉さんは殺された。そして角兵衛さんへの暴力。それでも角兵衛さんは真実を告げない。一代で苦労して築いた播磨屋の存亡の危機です。播磨屋さんはどうするつもりですか?」

「すくなくともご番所にかけこむことはないだろう」

「どうしてです」

「角兵衛は弱みを握られているからです」

「誰にですか」

「たぶん、その旗本でしょう」

「長瀬蔵人ですか」

「いや」

「長瀬ではないのですか。長瀬は手下の浪人を使って卯吉を惨殺しているんですよ」

「長瀬は小者なんでしょう。殺人の現場をうろうろするようなのは小者にきまってます」

老人は隠密同心のような言葉を吐くので十兵衛のほうがびっくりした。

「それでは長瀬を糸引く大悪人がいるのですね」

「さあ、大悪人というものなのか。悪と善はまさに糾《あざな》える縄のようでな」

十兵衛の頭の中を去来する人物が一人あった。

「角兵衛さんの弱みとはなんですか？」

「あいつには孫娘がいるのだ。それこそ目に入れても痛くない。あくどく金の亡者になる人間にもかならず弱点があるのはおもしろいもんだな。金持ちで弱点のないものほどおぞましいものはないぞ」

「その孫娘というのがどうかしたのですか」

「……」

老人は肝心なところにさしかかって黙ってしまった。老人は賢人だからまたも十兵衛に思案の時を与えようとするかのようだ。

しかし、十兵衛のいつにない苛立《いらだ》ちを悟ったのか、ここまできた駄賃なのかあっさり弓右衛門は、

「天下祭の日のことだ。角兵衛にとって不幸の鐘がなったのは。しかし、そこいらの親なら大威張りのことかもしれなかったが、金持ちの角兵衛には災厄とうつったのじゃ」

といったが、それ以上はがんとして話をさきにすすめなかった。ここまでの駄賃としてはそれが精一杯のもてなしであったかもしれなかった。やはり、弓右衛門は好々爺の隠居ではない。生臭いところもいっぱいもった江戸の商人である。田舎者の中老あがりにはかなわない骨があると、柄にもなく十兵衛はいじけた。十兵衛もあとは自分でやるほかはないと腹をかためた。

「ちょっと庭におりてもよろしいですか」

十兵衛は田茂三のことが気になってそこらあたりに目をこらした。

すると目のはしにこの家にふさわしくないような赤い色のものがよぎった。

「あれは」

あたり一帯は乾いた土色とむせるような緑ばかりだった。その中をすーっとよぎったもの。

——振袖?

若いおんな。誰だろう?　弓右衛門は何もいわなかった。隠しておきたかったのか。それなら、弓右衛門はなぜ再三、ここに十兵衛を誘ったのか。

十兵衛は息の詰まるほどの疑問をかかえて府内にもどることになった。


田茂三は王子権現まで足をのばして参詣した。王子権現は日光、久能山の東照宮とおなじ権現造りの広壮な社殿で、本殿と拝殿を石の間でつないでいた。

滝野川にもどると、まだ十兵衛たちは話の途中だった。あたりは一面の畑でひとの姿もまばらである。通りがかりの農夫に隠居の家の様子を聞いても胸にとめることはなにもなかった。小川のほとりで一服つけているると田茂三たちがここにたどりついた道を二人のおとこが歩いてくるのが見えた。

おとこたちは若く、職人風にみえた。

「はて、誰だったか」

おとこたちに怪しいものと気取られないように田茂三はひと休みする旅人のようにしてみていたが、知らない人間のようにもみえた。

第五章　殿様と美少女

一

　桃春が自分の部屋で鍼治療を始めたので、十兵衛は待機部屋を出て浅草の阿部川町の向月館に稽古にむかった。

　月のうち四度ほどしか道場に通えない十兵衛は、からだをもてあましていた。八溝の国許《くにもと》からはしきりに連絡が入るが、前《さき》の藩主からはなにも言ってこない。

　向月館の道場主の生駒新之助は廻国修行中に十兵衛と八溝城下の小さな道場で会った。生駒新之助が全国を回って、修行帳に書ききれないほどの試合を重ねたなかで、片手で数えられるほどの敗戦のひとつが十兵衛との立会いだった。その後、お家の紛糾で十兵衛は八溝を離れ、江戸で浪々の身となった。

「ごめん」

　ひと声かけて案内も請わずに、十兵衛は控えの間で支度をして道場にでた。

生駒新之助は稽古の最中だった。道場ができた頃は生徒も十人ほどだったがいまでは五十人を超える生徒が通っている。

生駒新之助にはどこかの家中の指南役に出仕するつもりはなく、妻のみわと一緒に亡父の残した道場を継いでいる。

ばーんと板壁まで相手を突き飛ばし、腰がくだけたところに面を一本いれて生駒新之助は竹刀をおさめた。

「十兵衛どの、お久しぶりですね」

「お主と手合わせせぬとからだがなまる。そのうち勝てなくなりそうだな」

そういって十兵衛はひとしきり生駒新之助を相手に汗をかいた。動きは生駒新之助にひけはとらないが、新之助には確実に力強さが加わっていた。

井戸でからだを拭いて奥の間に十兵衛は招じ入れられた。

「ところで加賀屋さんはちかごろ見えられるか」

「はい、ときどき様子を見に立ち寄られます」

加賀屋幸兵衛は向月館とともに生駒新之助、みわ夫婦の後援者で浅草の札差の大立者だった。

これまで十兵衛は加賀屋幸兵衛と親しく時間を過ごしたことはなかったが、気にはなっていた。

「会えぬかな」

「お急ぎですか」

「加賀屋さんの都合を斟酌しなければ火急のことなのだ」

「それでしたら知らせをやります」

「すまぬな」

「蔵前まではすぐそこです」

みわがいれてくれたお茶を飲みながら、十兵衛はこれまでのことの大略を生駒新之助に話した。

「そんなことがありましたか。事件が多くあっても火事などでしたらすぐ伝わりますが殺人とか盗みのたぐいは意外と知らないものです」

「加賀屋さんは大名旗本にはひと一倍詳しいのではないだろうか」

「それはもう内証からなにまで知悉《ちしつ》されています」

さいわいなことに加賀屋幸兵衛は阿部川町にすぐかけつけてくれた。

「これは十兵衛様お懐かしゅうございます」

「およびたてしまして」

十兵衛は深く頭をたれる。

「わたしがお役にたてるものでしたら、どうぞ遠慮なくおっしゃってください」

加賀屋幸兵衛は還暦も過ぎているだろうに如才ない。やや太り肉のからだは札差にとっても受難な時代にびくともしない貫禄にあふれていた。

「さっそくですが、加賀屋さんは旗本の松浪剛之助をご存知ですか」

「はて、松浪というと松浪山城守ですかな」

「山城守というと布衣《ほい》以上のしかも三千石以上の殿様……」

「そうでございますな。三千石以上でないと守名乗りはできません」

「というと松浪剛之助は御書院番、あるいは勘定奉行あたりですか」

「山城守様は大御番頭です」

「えっ、大御番頭」

十兵衛は思わず声を張った。大御番は、老中支配の旗本常備兵力で江戸城の警護などにあたり、五番方（書院番、小姓組、小十人、新番、大番）のなかでも歴史、組織とも抜きんでていた。

「三千四百石。歳は四十四歳」

幸兵衛の口が淀みなく動く。

「驚いた。諳《そら》んじているんですね」

「まあ、これくらいは」

「それでその山城守ですが」

「いたってまともな人ですよ。悪い噂もございませんし、札差を泣かせたということも耳に入ってきません」

「ふむ。用人の野口杉江というおとこはご存知ですか」

「さて聞いたことはあるような」

十兵衛は話が遠回りしていることに気づき、加賀屋幸兵衛にこれまでのことを生駒新之助に話したように語った。

「なるほど。それなら話は見えてきましたぞ」

「ほんとうですか」

「これはほんの一部の人にしか漏れ伝わっていない噂なのですが、松浪山城守には童女好みという噂があります。それも飛び切りの美少女好みという」

「ほう」

「屋敷にはそういう美少女が何人も囲われているという噂があります。しかし、それは側室にするとか妾にするとかではなく行儀見習いと称して奥に奉公させるということだそうです。喜んで娘を頼む親も多いそうです。しかも、季節には結構な進物や、奉公があければ金子銀子もつかわされるときいております」

「う〜む、なんという。それでご奉公はいつまで」

「美少女の季節は短いようですな。二年ほどで帰されるようです」

「手付かずのままですか」

「あはは、そのへんはさすがにてまえも存知あげませんというのが妥当かと」

「娘たちはどのような気持ちなんでしょう」

「十二、三歳ですから複雑ですね。とくにおんなの子ですから」

「山城守はいつからそういう嗜癖《しへき》に？」

「まったくわかりません。しかし、戦国の時代には稚児があり、大権現さまの晩年には十三歳でお勝の方の部屋子になったお六の方がまだ十九歳の若さで仕えていたくらいですから殿方といいますか為政者にはそうした好みがある方もおいでてでございましょう」

「待ってください。さきほど山城守は四十四歳と」

「そうです」

「まだ壮年ですが」

「癖であるなら歳は関係ないのかもしれません」

「そうしたものでござるかな。そうだ、山城守はどこでむすめたちの品定めをして声をかけるのですか」

「さきほど十兵衛様がおっしゃいました。播磨屋さんが不幸に陥ったのは天下祭の日だったと」

「そうでした。越前屋のご隠居が謎かけのようにそう言ったのでした」

「それですよ。山車の舞台には町から選りすぐりの美少女が上がっているのです。誰からも見えます。そしてその娘をわがものにしようと企むやからが後をたたないそうです。しかし、親のほうも条件の良いところから声がかかれば本望でむしろそれを期待しているふしもあるようです」

「なるほど。しかし、それを望まない親もいた。孫娘がかわいくてたまらない播磨屋角兵衛がそうだったと」

「かもしれませんが、播磨屋さんの親御さんと角兵衛さんとでは気持ちが違っていたのかもしれません」

「いつの天下祭でしょうね」

「調べればおわかりになると思います」

「加賀屋さん、ほんとうにお世話をおかけしました。あとひとつよろしいですか」

「なんでしょう」

「松浪山城守にはお姫様がいますか」

「いると思います。お子様は大勢いらっしゃいますから」

腟毛のあるお姫様じゃなかったのだ、ほんとうにお姫様はいたのだ。野口杉江の正体も霧の中だと十兵衛は思った。

いつの間にか陽がおちて外は暗くなっていた。加賀屋幸兵衛はこれから柳橋の料理屋に用事があるからと恐縮しながら帰っていった。

十兵衛は久しぶりに生駒新之助、みわ夫妻と夕餉の膳を囲んだ。

「十兵衛さまも相変わらずですわね」

「なにがでござる」

「お役所にお任せになればよろしいのにお働きになって」

「おなご衆にはいつもそう言われて笑われます。しかし、捨ておけないのも正直な気持ちなので」

みわは籠間《かごま》慶雲斎の娘で道場荒らしに父親を殺されている。みわは幼いころより慶雲斎に鍛えられたおんな剣士で父親の敵討ちを胸に秘めていた。

田茂三は滝野川から帰ってから、ずっとのどに小骨がささっているようで、気分がはれないでいた。

「あれは、あれは……」

おとっつぁん、年寄りみたいにあれは、あれはっておかしいわよ、とおこのに笑われるがもどかしさのあまりつい口をついてでてしまう。

「ええいっ、くそっ」

と頭をこづいてみるがなにもでてこない。矢場にでもいって矢の何本か射て、矢取りの若い娘の尻でも撫でたらなんとかなるかもしれないが、田茂三はそんなこともしたことがない岡っ引だ。

「そういえば、滝野川の帰りに十兵衛の旦那がいっていたな。あれは天下祭のことだ。越前屋のご隠居の家で十兵衛の旦那がみかけた若い娘、いったい誰なんだ」

一方、播磨屋角兵衛は手傷を負ってからいっさい外へ出なくなってしまった。栄蔵を張り付かせているが動きはない。

田茂三はじりじりして引き合いの話も上の空で、飯の食い上げになりかねなかった。

播磨屋角兵衛は四年前のことをいまだに忘れられないでいた。

二年に一度まわってくる天下祭で孫の千津が山車の舞台に立つことになった。親にとっては大変な名誉で町いちばんの小町の名称を与えられたようなものだ。

そのとき千津は十二歳であった。踊りも鳴り物も師匠についてならっていて、こちらのほうの才覚もあったようで、角兵衛はこれがわが孫娘かと疑ったほどだった。

息子の清七と嫁のそでは無自覚に舞い上がるばかりだった。これでいくらでも望むところに嫁入りできると甘く考えたのだ。

それは角兵衛の予感どおりに事は推移した。

ある日、長瀬蔵人がやってきていい話があるともちかけてきた。

長瀬蔵人は六百石の旗本の三男でもともとは筋目正しい青年だったが、親の放蕩がたたり、長瀬家は役を失い、とうとう知行地も耕作民の代表を家宰《かさい》にして、年貢のうち借金を差し引いたぎりぎりの金額を貰って生活するようになっていた。

長瀬蔵人は養子のあてもなくなり、生きていくためにあらゆる悪事に染まっていったのである。

深川の悪場所に入り浸り、播磨屋から金を引き出すのもずいぶん前からのことである。それから賭場では播磨屋の金を、わが財布のごとく使い、角兵衛もあきれるほどの借金をこしらえている。

これほどになったのは長瀬蔵人ばかりが悪いのではない。深川でも中洲でも長瀬の手引きで播磨屋も甘い汁をすったのも事実だった。

長瀬蔵人は顔の広いおとこである。そうしたところも播磨屋が金貸しとして幅をきかせるのにすこしくらいの投資を躊躇させるものでなかった。

しかし長瀬蔵人は底なし沼のようなおとこだった。

「なんです。もう長瀬さまにはお貸しする金子はございません」

「いや、無心ではない。駿河台に三千四百石の殿様がいてな」

「それは大身でございますな」

「そうだ。あんたもそこまではまだ食い込んでいないだろう。まあ、それはおいおいとしてだ。この殿様が天下祭をご覧になった」

「千代田の殿様もご覧になるのですから不思議ございませんが」

「そうまぜっかえすな。殿様のご所望でぜひ奉公にあげよとの名誉の声がかかったのだ」

「いやですよ。かわいい孫娘とどうして離れて暮らさなきゃならないんですか」

「馬鹿言うんじゃない。これは千津さんのためになることじゃないか」

「だめです」

「そういってもな、親の清七さんもそでさんも賛成してるんだ。親としては当然だ。いずれは格式のあるお武家に嫁入ることもおおいにあることだぞ」

角兵衛はいやな予感がしてまったく気がすすまなかったが、親の意見が優先され、千津は二年という約束で奉公にあがったが、二年を過ぎても角兵衛のもとへ帰ってきていなかった。

角兵衛は人を介して、その駿河台の殿様、松浪山城守を調べたところ、お勤めに関しては手抜かりない評判だったが、一部にながれている美形の童女好みの癖を聞いて青くなった。童女好みだから、十五歳も過ぎると、娘たちに親も喜ぶくらいの金子を持たして帰すようだったが、千津は十六歳になっても家にもどってこなかった。

角兵衛がそれを長瀬蔵人に詰《なじ》ると、わたしがなんとか交渉しますといってその都度金をもっていった。

そうこうしているうちに卯吉が殺され角兵衛自身も拷問まがいの責めにあったのだ。

長瀬は悪仲間をつかって、角兵衛に貸付け金の元帳を出せとせまるのだった。自分の分は棒引きにし、その代わりほかの貸付金について焦げ付きそうなものは取り立てるからという勝手な言いようで、拒み続ける角兵衛を責め続けたのである。

角兵衛は進退に窮した。番所に届けて済む話ではないのはよくわかっていた。どうしたら松浪から千津を取り返せるのか。金だけではどうにも解決がつかないことがあると、いまさらに角兵衛は痛感する。しかし、金は必要だ。深川の怪動騒ぎで、いままでどおりにあそこで大儲けは期待できなくなるから、次の手も考えなくてはならない。あの騒ぎは内与力と同心の脅しだったのは知り合いの与力から聞いている。どうせ長瀬もいちまい噛んでいることだろう。これ以上つぎこむつもりはないからいいが、これまでのは焦げつくかもしれない。角兵衛はますます頭が痛くなり外出する気持ちにならないのだった。

二

野口杉江は酒乱かもしれないと長瀬蔵人は思った。呼び出されて、もうかれこれ一刻あまり、愚痴を言いっ放しである。

「蔵人、殿はもっと若くてきれいな娘はいないのかと、わしに会うたびにうるさくいうのだ。十六、十七のむすめはおんなくさくてかなわん、とこうだ」

「なんと罰当たりな殿様だ」

長瀬蔵人もあきれる。

「世間では十六歳といえばひくてあまたの年頃だ。なのにうちの殿様は見向きもされない。十一、二歳の小娘なんぞは小便くさくてかなわん、というのがおとこであろう。それをまるできれいな細螺《きさご》を集める女子のように童女をあつめる。変わった癖をおもちなのも困りものだ」

「役所では能吏だという評判ですが」

「それとこの道は規矩がちがうのだ」

「そんなものですか」

「それより早くおんなを引き取ってくれ。殿様はもう飽きてるようだ」

「娘はなんといってます」

「屋敷をでて嫁にいきたいらしい」

「もうすこし屋敷においてもらえませんか」

「殿様がうるさい」

「娘を播磨屋に帰してしまうと、野口様にも賂《まいない》をまわすことができなくなります」

「それは違った方法でやってくれなきゃ困る」

長瀬蔵人は、播磨屋には一日でも早く孫娘が帰れるように、殿様に掛け合うといっては角兵衛から軍資金をしこたまもらっていたのだ。まさか孫娘の千津が松浪山城守からとっくにおいとまをだされているとは角兵衛は知るよしもなかった。

「とにかく播磨屋のむすめは貴公に預ける。あとはそちらで考えてくれ」

と野口杉江は長瀬蔵人に引導をわたした。

「ちぇっ、いよいよおれも金蔓に困ることになったな」

長瀬蔵人は首のうしろあたりをなでながら暗い目をした。

両国広小路に近い米沢町三丁目に二階家の仕舞屋《しもたや》があった。一階と二階ともに堅格子造りとなっていた。清元の師匠の家であったが、師匠はひと月も前から仕事で上方に行っていて留守であった。それを知らなかった女弟子が師匠の家を訪ねたところ戸が開いていて異様な臭いが鼻をついた。

女弟子は眉をひそめながらも臭いのするほうへ引き寄せられるように近づいた。その途端、

「だ、誰かぁ～！」

凄まじい悲鳴があがった。

女弟子が通りに飛び出したと同時に、わらわらと人が集まってきて、野次馬で収拾がつかなくなった。

連絡を受けて番所から検死与力や同心や下役のものなどがかけつけてきた。

横地作之進も中間と田茂三をつれて出張ってきた。下役の者に野次馬を遠ざけさせ、横地作之進は異臭のするその部屋にはいった。茶の間につづく居間には仰向けになったおんなに小姓姿の若侍がおおいかぶさって息絶えていた。

おんなの顔には血の気がなく、若侍の小袖からでている腕は、人形のようにぴくりとも動かなかった。

二人が重なっている下の畳には血痕が赤黒く乾いていた。

「相対死にですか」

田茂三が横地作之進に目をむける。

「そう見えるが親分はどう思う」

「おんなのほうは喉をついていますね」

「侍のほうは腹を脇差で深々と突いているな」

おんながあおむけに倒れている頭の傍らに、血のついた懐剣がころがっていた。

若侍の脇差もそのからだに隠れるかのようにそこにあった。

「旦那、この侍は苦しかったんじゃないですか。腹を刺しただけじゃ、いっぺんには死に切れなかったでしょうね」

「そうだが、暴れたようすが見当たらない。苦しくて転げまわったなら畳に血がこすれたような跡が残るはずだがそれはない。衣服も乱れてはいない」

「それとこうして少しはずれておりますが、おんなの上に重なっているのも不自然ですね」

検死役人はまだいっしんに死体をあらためている。若侍はおんなから引き剥がされて仰向けに並べて横たえられていた。

検死役人はおんなの死体をしつこいほど隈なくみていた。

「旦那、どこの誰でしょうね」

「検分がすんだら持ち物もあらためてみよう。着物はいいものを身につけている。武家の娘かな」

ふたつの仏は近くの自身番に運ばれた。

よみうりがすぐさまこの事件をとりあげて辻辻で売りまくった。

松浪剛之助の用人野口杉江はこの事件を家人から聞いてはじめて知った。

「馬鹿な。あたら若い命を……」

野口杉江は若党を呼んで使いを走らせた。

播磨屋に落とし文が投げ込まれたのは事件の翌日である。

それでおんなの身元が割れたのだ。

播磨屋では天地がひっくり返るほどの大騒動になった。播磨屋角兵衛は事実を知った途端、卒倒してしまい、母親のそでも寝込んでしまった。父親の清七だけが事件の対応におわれた。

横地作之進は検死結果から事件は相対死にではないことをほぼ確認した。

若侍の首筋に小さな血の固まりがあって、そこは鋭利な凶器が悪さをした跡とみられた。若侍は誰かに殺されたことが明らかになった。

しかし、播磨屋の娘千津の死因は自死なのか他殺なのかわからなかった。

若侍の身元が割れないので播磨屋の娘との関係も不明である。

事件のてがかりになるものはあまりなかったが、播磨屋に投げ込まれた落とし文が唯一の光明だ。落とし文を投げ込んだ人間は、おんなにこころあたりのある者に違いない。

しかし、腑に落ちないのはあえてそれを播磨屋に知らせてきたことである。

横地作之進は南茅場町の弁柄屋に向かった。千代から今日は如月十兵衛が待機部屋詰めだと聞いている。

弁柄屋にいくと小僧の中吉が、

「十兵衛様は、渡しに行かれました」

というので横地作之進は、

「しまった」

といって駆け出した。

しかし、横地作之進の早とちりだった。

十兵衛は鎧の渡しの船着場の床机に腰掛けてぼんやり陽を浴びていた。その床机は十兵衛が弁柄屋に出入りする大工に特別に作ってもらったものだ。それはだれが活用しても構わなかった。

「十兵衛どの」

「おお、八丁堀の旦那」

「その言い方やめてもらえませんか。馬鹿にされているようです」

「では、なんと」

「いえ、どうでもいいです。それより播磨屋の娘が死にました。ご存知でしょう」

「よみうりが派手にばらまかれたな」

「十兵衛どのはどう思いますか」

「播磨屋に落とし文が投げ込まれて、おんなの身元がわかったと、田茂三親分から聞いたが」

「まったくてがかりがなかったので助かりましたが、投げ込んだ者の意図がわかりません」

「意図ははっきりしないが投げ込んだ者の見当はつく」

「そうなんですか。誰なんです」

「松浪山城守の用人野口杉江あたりだろう」

十兵衛はこれまで調べたことを横地作之進に伝えた。

「そんなことがありましたか。とても役所ではそこまでつきとめられません。ことにお武家のこととなると手も足もでません。さすがに十兵衛どのはお顔が広い。しかし、その用人はなぜ落し文を投げ込んでまで、おんなの身元を播磨屋に伝えたのですか」

「自身番でも番所でもかまわなかっただろうが、野口としては身元がはっきりしないうちはいらぬ穿鑿をされるので嫌だったのではないか」

「しかし、わかってしまえば娘と松浪剛之助の関係が白日のものとなるのではないですか」

「いや、松浪家ではきちんと奉公明けの金子を持たせて帰したと、突っぱねればすむと覚悟はしているると思う。いらぬことを穿鑿されるよりも、よっぽどいいと考えたのではないだろうか。それは播磨屋の娘は自分で喉を突いて自死したので、我々が殺したのではないと主張しても通らないことはないと踏んでいるからだ」

「おっしゃる通り、播磨屋の娘を殺しても松浪家にはなんの得もありませんね」

「そうだろう」

「じゃ、下手人は誰なんです」

「それもわしに探せというのか」

「いえ、そういうわけじゃありませんが十兵衛どのが役所のわたしよりずっと先をいっていま
す」

「それはお世辞にも横地殿の自慢にもなっていませんぞ」

「あはは、面目ありません」

どこか頼りないが憎めない同心横地作之進である。

「十兵衛殿はこの事件、どうみます」

「検死役人はどういっていたのか」

「若侍は殺されたと。おんなはどちらともとれると」

「おんなは何か身につけていたのか」

「頭に櫛、笄、簪。懐紙、扇子、鏡、化粧用の小筆など。紙入れはありません。若侍は目立った物を持っていません」

「ふむ、何も持っていないのは奇妙だな。その仕舞屋の師匠には連絡がついたのか」

「連絡はしましたがまだ返事はきていません」

「知り合いのものがあの家をつかったのか。あるいは死んだ二人のうちどちらかが師匠と知り合いだったのか。それも知りたいところだが。それで検死役人はほかになにか言っていたか」

「そうですね。かなり熱心におんなのほうに時間をかけていたように感じましたが」

「ふむ」

十兵衛は小網町に向かう渡しの船をじっと見ていた。川面が陽を照り返して光ったと思ったが、よくみると小魚の群れがかたまりとなって川上に泳いでいった。


その日、行徳河岸の船宿小張屋に帰った十兵衛を仕事帰りの富蔵が立ち寄った。

「今日は仕事は早仕舞いか」

「ここんところ暇でして」

「仕事がないのか」

「いいえ……」

最近親方のもとに入ってきた達吉という若い職人が、腕も親方のうけもよく、そのうえ親方の娘からも好意をもたれているようで、親方は達吉をことのほか重用するようになった。それで富蔵は浮いてしまったようだ。富蔵にもっと気概があれば親方も仕事を取ってきてそれを富蔵にまかせるのだろうが、富蔵にはそこまでのものはない。

「そうか。元気づけに賭場にでも行こうか」

「博打ですか」

「嫌いか」

「いいえ。けど借金を返してからはとんとご無沙汰です」

「なら寝た子をおこしてしまうことになるな。やっぱりやめようか」

「そんな殺生な。行きましょう」

「ふふ、猫にマタタビじゃないが、富蔵に博打の誘いじゃそれをやめるわけにはいかないな。まだ時間も早いから軽く一杯飲んでからくりだすとしようか」

十兵衛は自ら階下に降りていって酒器ひとそろいと冷奴を盆にのせてきた。

当節、豆腐というのは結構な値段がするものだ。

水面を打つ櫂の音が聞こえ、田安殿の屋敷の向こうに見える上弦の月がすこしづつ黄味を増していった。


浅草御蔵の西を流れる新堀川の左岸一帯は東本願寺の支院や子寺が多くならんでいた。そのひとつ大照寺の門前に十兵衛と富蔵は立った。

門は堅く閉ざされていたが、花頭窓がついた潜り門が脇にあって十兵衛はかってしったかのごとく身をいれた。富蔵もつづく。

庫裏のほうにまわった。人の気配がしてちいさく明かりが見えた。その明かりのところに目の険しいおとこがいて、十兵衛と富蔵の行く手をはばんだ。十兵衛がなにごとかささやくと、おとこの険しい顔はいくらか和らいだようだった。

「こっちだ」

十兵衛は本堂の脇を抜けて奥の座敷にむかった。

そこにも無宿渡世がしみついたようなおとこがいて、

「腰のものを」

といった。

十兵衛はためらわずに両刀をおとこに預けた。

部屋には太い蝋燭が何本も灯り、紫煙がながれていた。ざっと部屋中を見渡した十兵衛の目にうつった人の数は三十人ほどあった。

商人や職人、僧侶や儒者崩れに見える者もいた。武家姿のものはすくない。もともと博打は武士にとって破廉恥な行為として認識されていて、捕まった場合死罪も覚悟しなければならなかった。

その武家姿のものが二人、いっしんに中盆のおとこに炯々《けいけい》と目をひからせていた。

「これを」

十兵衛は紙入れを富蔵にわたした。

「好きなだけつかっていいぞ。ただし、あまり勝つなよ。あとが面倒だ」

富蔵は時間がたつにつれて熱くなっていき、十兵衛はこれほど生き生きしてる富蔵をみるのははじめてだった。富蔵が夢中になっているあいだ、きまぐれに賭けに参加していた十兵衛だったが二人の武士から注意をそらさなかった。一人は紛れもなく長瀬蔵人である。あと一人は知らない人物だった。

今日の場所には播磨屋の人間らしい者の姿はない。娘の事件があってから播磨屋はいっさいが喪に服しているかのように静まり返っていた。

ふと見ると意外な顔が見えた。

「桑野瀬左衛門……」

白髯の桑野老人がぽつんと座っていた。

（いつ入ってきたんだろう）

桑野老人は場に不似合いなほど醒めた目で、汗も飛び散りそうな盆の上の攻防をみつめていた。

（長居は無用だな）

十兵衛が富蔵に、

「そろそろ引き揚げようか」

と囁いたとき、

「ま、待ってくれ！」

負けがこんでいた浪人風なおとこが、片肌脱ぎの中盆に大声を発した。

「なんです、お客さん」

「壺になにかあるだろう」

中盆のおとこは後ろに控えていた場の仕切り頭にちらっと目をやった。

浪人は立ってきて壺を取り上げ、すかさず中盆のおとこをけって盆茣蓙をかっぱいだ。

「何しやがるんだ！」

と同時に灯が消された。

十兵衛は脱兎のごとく席をけり、刀架けに突っ走った。富蔵もこうしたときは機転がきく。すぐに十兵衛について飛び出した。

部屋ではおとこたちのくぐもった声がわんわんとひびいていた。


「あぶなかった。大丈夫か」

「へい。せっかく流れがきたところでとんだ野郎ですぜ」

「いかさまならいずれこっちも素寒貧にされるだろうからいい潮時だ」

「ところで十兵衛の旦那、今日は博打をうちにきたわけじゃないんでしょう」

「そうなんだ。これからそれにとりかからなくてはな」

十兵衛は大照寺の裏手に回った。表門以外の出入り口を調べてある。まだ本堂のほうでくぐもった声や音が聞こえる。

長瀬が一緒にいた武家姿のおとこと出てきた。それほどあわてた様子にも見えない。

「長瀬殿」

長瀬蔵人は夜陰に十兵衛の姿を探した。

「なにやつ」

「如月十兵衛」

「物盗りか」

「命を貰い受ける」

「馬鹿をいうな」

「播磨屋の娘を殺し、若侍も相対死にに見せかけ殺したのはお主だ」

「娘は自害したのだ」

「お主のせいでな。播磨屋の卯吉も殺している」

「あれはわしがやったわけではない」

「卯吉も娘も自分が手をくだしてないという。卑怯千万なおとこだな。播磨屋を拘引して傷を負わせたのもお主だ。よくよく汚らしいおとこだ」

「黙れ。播磨屋には商売相手を紹介したり、ずいぶんいい思いをさせた」

「それ以上にお主はいい思いをしたはずだ。もうあきらめるのだな」

「久住《くすみ》さん」

長瀬蔵人は先ほどから黙って二人のやりとりを聞いていた傍らの武士に声をかけた。

久住と呼ばれた侍は、十兵衛と変わらない背丈をもち、大きいおとこだった。すらりとやせているが、四肢は鍛え抜かれた強靭さを秘めていた。年齢も十兵衛とさして変わらないかもしれない。

久住はゆらりと前に出てきた。

「わしの剣の先生だ。その辺の目録持ちでも先生にはかなわないから、逃げ出すのはいまのうちだぞ」

長瀬は遠吠えのように咆えかかる。その腰は引けている。

久住はわずかに腰を落として左に回りこんだ。十兵衛もわずかに左に軸を移した。

寺の裏手は武家屋敷の塀がつづいて、道には弱い月あかりがふっていた。

久住がすらりと太刀を抜いた。青眼の構えから肘を突き出し、太刀を肩に担ぐような姿勢をみせた。

「！」

十兵衛は一度戦ったことのある流派を思いだした。かつての戦場における実践剣法を今風に変えたものだ。

「貴公、池田家に仕えておられたな」

「いかにも」

「雖井蛙《せいあ》流兵法」

「……。お主は一刀流か」

「なぜに崩れ旗本の長瀬蔵人の走狗となる」

『わたしなりの恩義を果たすだけ」

『たわけた迷妄だ」

久住の唇が震えた。

久住は肘を押し出すようにして斬りかかったと思うと、その肘を支点にして切っ先をずんと伸ばしてきて、十兵衛の肩先をかすめた。すぐさま太刀を肩に担ぐかっこうになり二撃をおくってきた。その都度十兵衛はわずかのところで刃先をかわした。

久住の剣は攻撃の剣で、次から次と同じ型から休みなく十兵衛を襲ってきた。

久住が切っ先を伸ばしきって、すぐさま太刀を肩に担ぐときが、勝負の綾をわけるときだと十兵衛は見切った。

何撃目かの久住の斬撃がおそったとき、十兵衛は久住の剣を受け止め、久住の勢いを左に流した。久住の重い剣は十兵衛の不動の軸を揺らしたが、それ以上に十兵衛の剣に魂が乗り移り、久住のからだは大きく右に傾いた。十兵衛はその瞬間、久住の脇下に逆袈裟を見舞っていた。

久住はうっ、とうなってめりこむようにその場に倒れた。

「長瀬蔵人、先生も倒れた。神妙にしろ」

まだ血振りもくれていない十兵衛の太刀が長瀬の喉元に突きつけられた。

「こ生意気な、許さん」

長瀬は間合いも何もなく十兵衛に突進してきた。体を開いてかわし、刀を峰にして気合をいれた。下郎と一合もするつもりはない。長瀬がしゃにむに斬りかかってきたのを躱《かわ》して、まず肩に一撃を見舞い、よろけるところを胸に第二撃をおくった。ぼきっというやな音が暗闇に散った。肩の骨も折れているだろう。斬られて即死するよりも骨を折られるほどの打撃のほうが辛いものだ。

長瀬蔵人はその場で失神してしまった。

「富蔵、そのへんに縛るものはないか」

「手ぬぐいがあります」

「破って紐にして、それでそこの木に長瀬を縛っておいてくれ。念のため久住の刀の下げ緒でも縛ってくれ」

富蔵は器用に長瀬の両手を後ろ手にして木にくくりつけた。長瀬はぐったりしたままだった。

「富蔵、今夜は行徳河岸に泊まれ。それでその前に坂本町の田茂三親分あてに簡単な書付けをするから、それを親分がわかるようにうまく投げ込んできてくれ。今夜中に卯吉と播磨屋の娘の事件ははっきりするだろう」

「わかりました」

「そうとなったら、ここは一刻も早く引き揚げよう」

町方には協力したいのはやまやまだが、関わりあうのは御免蒙りたい。またしても何事も後始末が大変だということをあらためて知る如月十兵衛だった。

三

手先の栄蔵が帰ってきて田茂三が厠にいってもどってきたとき、土間に紙片がおちていた。訝しげにつまんで、開いてみると卯吉殺しと、播磨屋の娘千津殺しの犯人として旗本の長瀬蔵人の名前が記されていた。

田茂三は横地作之進に使いをだし、みずからは帰ったばかりの栄蔵をよびもどして浅草御蔵まで走った。

文にあるとおり、長瀬蔵人が木にくくられていた。路上には虫の息の侍が横たわっていた。

栄蔵を自身番まで知らせにやると番人と手伝いの者が手分けして長瀬蔵人と久住を運んだ。

医者がよばれて救急の手当てはしたが、久住は予断をゆるさない状況だった。

医者が手当てしている間に横地作之進も駆けつけてきた。

刻限は浅草寺の鐘が四つ（午後十時）を告げたところだ。

「お疲れにございます。長瀬という旗本がどうも播磨屋とどろどろの関係でことを起こしたようですね」

「播磨屋の金を奪い、あげくに角兵衛の可愛い孫娘まで殺すとはとんだ旗本奴だ。お目見えが聞いてあきれるというもんだ」

お勤めとはいえ、こんな時間に浅草まで呼び出されて、横地作之進は頗《すこぶ》る機嫌が悪かった。

「やっぱり高島さんに上につないでもらわなきゃいけませんね」

「旗本じゃ、こっちで勝手につつきまわせない。いずれ目付けのほうで断罪するだろう」

「お定めといいながら、お武家相手の捕り物はつまりませんね。気骨が折れるばかりです」

「そう嘆くな。長瀬も死罪になるだろう。お家も立ち行くまい。それより誰がこの始末をつけた」

横地作之進は言ってみたが、浮かぶ顔はひとつしかなかった。


行徳河岸の船宿小張屋は朝早くから舟遊びの客が来て、女将のおかつが船頭の佐助と手分けしてお客を大川に向けて送り出していた。

十兵衛も富蔵も遅く帰ってきてまだ寝ていた。朝の五つをまわってやっとふたりが起きだした頃に、小張屋の店前に小僧が立っていた。

「坊主、どうしたい」

「十兵衛さんはいるかい」

佐助に小僧はそう言った。

小僧の足元をみると平たい桶をふたつ天秤にしていた。桶には浅蜊がはいっていて活きのいいのがぴゅーと水を飛ばしていた。

「坊主、浅蜊売りか」

「そうだよ、おじさん」

「そうか。十兵衛の旦那に何か用事があるのか」

「浅蜊を食べてもらおうと持ってきたんだよ」

「どこから来たんだい」

「橘町だよ」

「そんな遠くからか。待ってろよ、いま呼んでくるからな」

佐助は腰高障子を開けて、薦被りの酒樽の前から階段に向かって
「十兵衛の旦那、お客さんですよ」

と声をはりあげた。

十兵衛は肩に手ぬぐいをのせて出てきた。

「おお、長吉じゃないか。どうしたこんなところまで」

「親分にここを教わって、浅蜊のいいのがはいったから、十兵衛さんに食べてもらおうと来たんだ」

「そうか。これから飯だから、さっそく味噌汁にして食べよう。長吉も飯はまだだろう。これからまだお得意さんをまわるのか」

「お得意さんは、五軒ももう回ってきたよ」

「ほう、偉いな。まだすこし残っているのか」

「これは十兵衛さんにみんな上げるぶんだよ」

「いや、そんなにたくさんもらっちゃ悪いな。そうだ、残りはここの女将さんに買ってもらおう、な、それでいいだろう」

「それじゃ、困るよ」

「いいから。こんな活きのいい浅蜊なら女将さんも大喜びだ。さ、あがれ、こっちだ」

十兵衛は食事の支度を佐助に頼んで、自ら桶に水を汲んできて長吉に渡した。

「冷たいから気持ちいいぞ。ちゃんと洗えよ」

長吉が洗い終わると、乾いた手ぬぐいを渡して、二階に長吉を案内しようと、階段を登ろうとしたとき、

「ごめんください」

といって田茂三が顔をだした。

「おっ、親分」

「十兵衛の旦那、すみません。余計なことをしちまって勘弁してください。長吉に前々から十兵衛の旦那に浅蜊をとどけるんだとせがまれてまして、つい」

「こちらこそ恐縮してしまうよ。今朝はうまい味噌汁にありつけそうだ。親分もあがってくれ。

いっしょに食べよう」

　鯵の干物と浅草海苔にきゅうりの浅漬け、それに梅干ものっている。白いご飯が湯気をたてて茶碗に山盛りよそってある。浅蜊の味噌汁を四人分、女将のおかつが盆にのせてもってきた。

「さあ、食べよう」

「いただきます」

「いただきます」

「熱いからゆっくり食えよ。どれっ」

　十兵衛は浅蜊の味噌汁をひとくち。深い味わいが口中にひろがり幸福な気持ちになる。砂を吐き出しきれなかったか、すこし口に残ったが、肉厚な浅蜊はいちだんと十兵衛を幸せにさせた。

「長吉、うまい浅蜊をありがとう」

「十兵衛さんが気に入ってくれたならまた持ってくるよ」

「ああ、たくさん買わせてもらうよ」

　富蔵も田茂三親分もうまい、うまいとおかわりをした。長吉も大盛りのご飯をおかわりした。

「ああ、うまい。こんなにうまいご飯は食べたことないよ。十兵衛さん、ありがとう。親分にお願いして来てよかったよ」

「そんなに喜んでもらえたらおじさんもうれしいよ。ところでおとっつぁんはいままでどおり元気にやってるか」

「ああ、おっかさんに叱られてばかりだけどちゃんと働いているよ」

「そうか、よかったな」

長吉はふだんはお腹いっぱい食べることはないのだろう。しばらくすると眠気に襲われて寝てしまった。

田茂三が十兵衛の丹前を借りて長吉にかけてやった。

佐助がお茶の用意をして膳をさげていった。

「昨夜は大変でございましたね」

「また、差し出がましいことをしてしまった」

「なにをおっしゃいます。陪臣さえも簡単に手をだせないのを、まして旗本御家人のお直参にはからきし弱い奉行所ですから助かりました」

「ご直参もかかりは否応なくかかるわりに知行はむかしのまま。これじゃ商人が派手好みになっていく昨今、悪さのひとつやふたつするのもやむをえないかもしれないな」

「かといって、殺しはまずいですよ」

「いつの時代もそこだけは踏み外すわけにはまいらぬな」

「ところで十兵衛さま、播磨屋の娘はほんとうに自害したと思いましたか」

「誰も娘を殺しても得することはないのだ。とすれば自死以外に考えられない」

「じゃ、なぜ娘は自死したんですか。ご奉公から帰ればいずれいい縁談もあるでしょうに」

「親分は娘の持ち物を見なかったか」

「ひと通り検分いたしましたが、若い娘が持っているものばかりでした」

「そのなかに小さな鏡があったろう」

「ええ、たしかにあったような」

「思い出さないか」

「ええっ、と……。えっ、まさか」

「そうさ、そのまさかだ。その鏡は裏が総金無垢のはずだ。それは大きな声で言えぬが長吉のおやじの与十が質入したものだ。つまり長瀬蔵人のものだ」

「なぜそれが播磨屋の娘の手に」

「あの偽装相対死にのことだ。松浪山城守の美形童女趣味の犠牲になった播磨屋の娘は、二年の奉公の約束の期日がきて家に帰されることになったが、いっこうにお許しがでない。殿様はもう別の新しい娘に興味がうつってしまって、屋敷で会うこともかなわなくなった。殿様は娘たちに淫猥なことをするわけでなく、ひたすら愛《め》で可愛がり、ときには和歌や舞いなどをいっしょにたのしんだりしたようなのだ。それも娘たちが十二、三歳くらいまでであとは飽きてしまうようだ。それで娘たちは家に帰されることになる。ところが、播磨屋の娘の場合、長瀬という悪いおとこがいて用人と結託して播磨屋の娘を屋敷にとどめたままにした。娘は殿様も遊んでくれない、家には帰れないで不安になった。そんなとき娘は松浪の家中の侍に恋をしたのだ」

十兵衛は若い二人の死をそう考えた。

「ということはあの小姓姿は松浪家の侍と」

「それは調べてみてくれ。当たらずといえど遠からずだと思う」

「それでその後はどうなります」

「それでか……。それで検死役人が熱心に娘をみていたと言ったな。あれは娘が誰かに犯されたのではないかと疑いをもったからだ。もしかしたら身ごもった兆候があるかないかまで疑って調べていたのではないか。それで時間をかけていたのだ」

「しかし、書付けにもそのことはふれられていませんし、検死役人からも聞いていませんが」

「たぶんそのくらい微妙なものだったのだろうと思う。検死役人の勘が働いたが決定的なものが見つからなかったので、正式な文書にしなかったのだ。しかし、播磨屋の娘は身ごもっていたと思う。相手は長瀬蔵人だ。長瀬は千津に惚れてしまい、伊勢屋の旦那が三十両出すから譲ってくれというあの三笠付けの賞品を、譲らなかったのはその貴重な珍品を千津に贈るつもりでいたのだ。ま、それを蝙蝠長屋で落としてしまいひと騒動あったがな」

「千津が身ごもったとして相手はその恋人の侍ということもありますね」

「それはない。千津は屋敷から一歩も出られず、侍も屋敷のなか。さりとて人目を忍んで睦みあう場所は屋敷内のどこにもない。そのうち用人の野口杉江から娘をひきとるように迫られた長瀬は苦肉の策で付き合いのある清元の師匠の家に匿うことになり、そこで師匠の留守をいいことに白分のものとしてしまった。それは若侍に対する嫉妬心もたぶんにあったことと思う。娘は穢れた自分を自ら葬ったのだ」

「その後、長瀬は若侍を殺して相対死ににみせた」

「そこはどうでも良かったのかもしれないな」

「焦がれ合う二人にせめてあの世で一緒にさせてやろうと、仏心をおこして面倒なことをしたんでしょうか」

「そんなおとこには見えないが、親分がそう思うなら反対はしないよ」

「はあ。長い旅でしたね。怪動騒ぎに始まって人死にがあって噂の十兵衛旦那の剣捌きをまた見逃してしまいましたね」

「あっしは何度も見てますよ、親分。口入屋は紹介する以上人物ばかりかその腕のほどもしっかり見届けなくちゃいけません」

と富蔵が大見得きってのたまった。

「さぞ立派な口入でございましょうな、あっはっは」

田茂三親分も笑わざるをえなかった。

「親分、もう頭の傷はいいんですか」

「傷はすっかり癒えたのですが、中味がさっぱりなんです。そうそう十兵衛の旦那と滝野川に行ったとき、二人連れのおとこと会ったのですが、一人のほうは確かに見たことのあるおとこなんです。ところが、いまになっても思い出せずにいるんです」

「王子権現かなにかに参詣にでもいく二人連れじゃないのかい」

「それなら気にすることはないんですが、あっしの勘によればどこかひっかかるんです」

「あの家に娘らしいものがいたような」

「それです。それも気になってまして」

田茂三は喉のあたりを大袈裟に右手でさすって言った。

「十兵衛の旦那は今日は弁柄屋ですか」

富蔵が聞いた。

「お前さんは」

「あっしも弁柄屋にお供していいですか」

「木舞掻きは休むのか」

「親方に日干しを食ってますから」

「そんなときこそ辛抱いちばんじゃないのかい」

「そうなんですが、今日は十兵衛の旦那と一緒にいたいんですよ」

「気味が悪いな。そうだそれなら長吉を蝙蝠長屋に送ってやってくれ。それとな、鰻やによってたれをたっぷりつけて焼いたのを買って長吉に持たせてくれ」

「わかりました。それから弁柄屋にまいります。たまにはお千代さんに叱られにいくのも悪くないですからね、へへ」

「親分はこれから引き合い茶屋かい」

「ちょっと遅いですがのぞいてみます」

富蔵はぐっすり眠ってしまった長吉をなんとか起こして自分が天秤棒を担いで小張屋を後にした。

十兵衛と田茂三は一丁先の鎧の渡し場までいっしょに歩いていくことにした。

第六章　仁平と伽那と悌七

一

正徳四（一七一四）年一月十二日、大奥大年寄絵島は将軍家継（数え歳六歳）の生母月光院の名代で前将軍家宣の墓参りに芝の増上寺に行き、その帰りに木挽町の山村座で人気の美男俳優生島新五郎の芝居をみた。その後、絵島一行は舞台がはねた新五郎らと茶屋で宴会を催し、大奥の門限に遅れてしまった。

のちにこれが大問題になり、三月五日、評定所は絵島を死一等を減じ遠流、高遠藩内藤清枚《きよかず》にお預けとした。絵島の兄白井平右衛門は妹の監督責任を問われ死罪。

生島新五郎は三宅島へ遠島。山村座は廃座となり芝居小屋は浅草聖天町（猿若町）に移転させられた。

ほかに旗本、奥医師、呉服商、座元、役者など多くの者が連座し、奥女中の六十余名が親戚に預けられた。

その刑罰は死罪、流罪、改易、追放、閉門、遠慮に及び、じつに千五百人が処罰されたといわれる。

これがいわゆる絵島生島事件である。

この後、徳川吉宗が第八代将軍となり、大奥の数も半減されたという。吉宗は享保七（一七二二）年に恩赦を行い絵島以外は全員赦免された。


あの時、仁平は武家屋敷の中間部屋での博打の帰り、武家屋敷を出たところで同心と岡っ引に捕えられた。さいころ賭博の最中を襲われたわけではなかったので仁平は不服だったが、有無をいわさず拘留された。

白洲にひきだされ、継上下の奉行が手限《てぎ》りで判決を下した。

〈江戸払い〉であった。

江戸払いとは品川、板橋、千住、本所、深川、四谷、大木戸に住むことを禁じた。それ以外の地に追放されたのである。

同じ頃、指物師見習いの常次と浪人の息子の虎五郎がやはり博打の廉《かど》で捕まり江戸払いとなった。

博打で捕まったかのようであるが、あれは山王祭の練り物のせいだと仁平は思っていた。絵島生島事件をなぞるつもりはなかったが、囲い屋敷の牢と流人船でばれてしまったかもしれない。ご公儀や大奥には敏感に感じとる人間が八十年たったいまもいるのだ。それだけ後ろ暗い事件だということだろうか。

それから仁平は利根川の浚渫の人夫に雇われたり、山林の杣師の手伝いなどをして江戸の周りをめぐって糊口をしのいでいた。

というのも山王祭の終わった夜、仲間と賭けた三両の賭けのことがずっと気になっていたのだ。というよりも、娘のことが気になって仕方なかった。どうしたことだろう。こんなことは初めてのことだった。

あの翌年は天下祭は神田明神社に移っている。

次の年、天下祭は日吉山王社の山王祭である。仁平は大胆にも江戸市中に足を踏み入れたのである。用心のために草鞋履きの旅姿に身は整えてある。

楽翁の改革の後で規模は小さくなったものの盛大な屋台が通りを埋め尽くし、仁平も二年前の興奮が蘇ってきた。

長柄槍を持った諸侯の足軽。三味線を弾きながらの祭り囃子。若い娘たちの踊りの列。

その間には牛にひかせた屋台がさまざまに趣向をこらして練り歩いていく。底抜け屋台には太鼓をうち、笛を吹くおとこたちがひしめいていた。

仁平は祭り酔いしそうな熱狂のなか、頭は冴えきっていた。目がその一点だけを捉えようとしていた。

「来た」

屋台のうえに数寄屋風の屋根を乗せ、屋根の上には五色の吹流しが翻って幾種類もの花飾りが屋根いっぱいにとりつけられていた。

屋台をひく牛の回りは（室）と染め抜いた半被《はっぴ》を着たおとこたちで埋めつくされていた。

室町の屋台だ。

舞台には三人のおんながいてひとりは踊り、後ろのふたりは笑顔を見せて笑っていた。

「いた！」

勝った。仁平は笑い出したくなるくらい興奮した。あの娘が帰ってきたのだ。奇蹟だ。たしかに常次が言うように三年にまたがって屋台にのぼる美少女はかつていなかった。しかし、あの子はそれを覆したのだ。仁平はひとりで娘に喝采をおくった。

「運の強いおんなだ。いったいどんな人生をおくるのだろう」

仁平はおのれの境遇をも忘れて娘に憧憬した。

いつどこで役人に咎められるかもしれぬ。捕まれば死刑か遠島が待っている。それでも仁平は夢中になって屋台を追いかけていた。

娘の屋台の後ろには底抜け屋台がくっつくようについてきていて、名前のように屋台の枠だけはあるが舞台はなく、そこには頬被りをして鼓やら鐘やらを持ったおとこたちが十何人もはいっていた。

屋台の枠は何人かの者が担いでいた。

行列が熱気を帯びて、海賊橋近くにさしかかったとき、底抜け屋台からおとこがひとり崩折れるように倒れ、そばにいた背の高いおとこが、抱えて屋台から抜け出し、行列を離れて人でごった返す表通りから路地裏に連れていった。

仁平はそこまで見ていたが、娘が気になっておとこたちがどこへ行ったかはわからなかった。

すると背の高いおとこはまもなくもどってきて、何事もなかったかのように笛を吹き始めた……と見えたがそれは笛ではなかった。

「危ない！」

仁平は屋台のそばについていたので、屋台に駆け上って娘を突き飛ばした。

吹き矢は仁平の左の二の腕に、衣服の上から突き刺さった。

「ちっ」

衣服を通して血がにじんできた。

娘は大きく目を瞠って仁平を見た。

仁平は白い歯をみせて満面の笑みをみせた。

「よかったな。最高に別嬪さんだ」

矢を抜いて、仁平は瞬時のうちに群衆に紛れ、行列から遠く離れていた。

吹き矢のおとこもいつの間にか消えていた。

屋台のまわりのひとびとは一瞬なにが起きたかわからず、舞台の娘に異常はなかったので、これも余興のひとつかと思われたのか、祭りの熱狂のなかに埋没していった。


山王祭が終わった三日後、海賊橋の魚河岸近くの音羽町の裏店に住む、魚の仲買人大七方で、おとこの死体が見つかった。

大七は一人暮らしで、たまたま上総に住む実家の兄の葬儀のために、家を留守にしていたのであった。

帰ってみたら仏が転がっていたので動転して自身番に届けたのだった。

仏は山王祭の祭りのかっこうをしていたのですぐ身元は割れた。

室町の質屋越前屋の元手代の佐代吉だった。佐代吉は越前屋をやめた後、貯めていた小金で脇質屋をやっていたようだ。もぐりの質屋である。

越前屋にいる頃から目端が利いて、商売の勘のいいおとこだったが、商人に必要な徳というものがあまりなく、利益のためには苛斂誅求の取立ても厭わず、越前屋弓右衛門や又右衛門からも注意されていたが、あらたまらず店をやめてしまっていた。

それから三月ほどして犯人は捕まった。石川島の人足寄場にいた宇助というおとこで佐代吉に賭場で借金をこしらえ、佐代吉の貸し金は烏金だからすぐに焦げついてしまった。佐代吉はやくざものをつかって追い込んでくるので、逃げようがなかった。娘のあるものは岡場所に売られ、女房さえ売り飛ばされるものもいた。

幸い宇助はひとりものだったが、火事場のあとかたづけなどにかりだされ、一日一食の金だけ渡されて、あとはすべて取り上げられた。人足寄場にいるときより過酷な毎日を送らされているうちに、佐代吉に対する殺意が芽生え、さらには越前屋の娘の顔に一生消えない傷をおわせようという憎しみの気持ちが募《つの》っていった。

越前屋又右衛門の娘伽那は山王祭が終わってから抜け殻のように日を送っていた。踊りの稽古にも手習いにも気持ちがはいらず、まわりの者も息をひそめて見守るばかりだった。

「襲われたのがよほどこたえたのでしょうね」

母親のおしげはそういうが、

「それにしても騒ぎは一瞬だったし、傷ひとつ負っていないんだから、年頃の娘はわからん」

父親の又右衛門は娘ごころに理解も示さず首をひねるばかりであった。

この時、伽那は十三歳になっていた。

その後、佐代吉殺しの犯人は捕まったが、伽那まで襲われたことで、当の伽那はもとより越前屋又右衛門たちは恐怖にさらされた。

ある日、寄り合いから帰ってきた又右衛門が女房のおしげにいった。

「ちょっと早いが伽那を喜連川《きつれがわ》にやろうと思うが」

「まだ九月ですよ」

「だから早いが、と言っているだろう」

「……」

おしげは伽那と別れるのが淋しいのだ。

「お前さんもしばらくいっしょに行ったらいいだろう」

又右衛門はそう親切に言ったが、おしげは芝居もない、白木屋もないところに四か月も五か月もいるのは辛抱できなかった。しかし、娘のためにはっきりそう言うことははばかられた。

越前屋では昔から子供や女房を、十一月から三月までのあいだ、甲州街道の高井戸や下総の佐倉に所有する屋敷に住まわせていた。

これは江戸の特殊事情で、この時期に江戸では大きな火災に見舞われることが多く、家を焼かれ、多数の人が命を失ったのである。それで越前屋では子供たち、ことに娘たちは火の届かないところに避難させていたのである。

こうしたことは裕福な商家では当たり前におこなわれていた。

「でも喜連川は遠くありませんか」

喜連川は奥州街道の宿場町で、江戸からは四十五里あまり。いまは喜連川彭氏《ちかうじ》侯が藩主である。名目一万石の大名だが、江戸城における格式は高く、かの加賀の前田侯と同じ大廊下が詰めの間というときもあった。時代がくだると、戦の心配もさほどいらなくなって、清和源氏の流れをくむ喜連川家を利用する価値がうすいとみられたか、いまは外様大名と変わらぬ柳の間詰めである。

それでも石高に比して位は高く、いまだに参勤交代はしなくていいことになっていた。

しかし喜連川家では正月には将軍に御目見《おめみえ》をしていた。また、世継ぎの世子の御目見は必要だった。

ところが喜連川家は参勤交代を免除されているので幕府からは上屋敷ほかの拝領地はくだされない。

藩主が江戸に入府するときは、これまでは市谷の月桂寺に宿泊していたが、それも手狭となり、やむなく伝《つて》を頼って不忍池の池畔に上屋敷を建てたのだった。

どこの大名家でも事情は同じだが、例にもれず喜連川家でもこの時期財政に余裕はなく、ましてや一万石では、いかにつましく家政をしきってもやりくりは大変だった。

紹介する人があって、いつの頃からか越前屋は喜連川家と商売以上に懇意となって上屋敷を建てるにあたっても協力を惜しまなかった。

それで喜連川に広大な敷地を与えられ、そこに何家族か住める屋敷を作ったのだ。

女房のおしげと息子たちは三度ほど火災をのがれて冬のあいだそこで起居したが、娘の伽那はまだ喜連川に行ったことがなかった。

「冬はとても寒いところだから伽那のからだが心配だわね」

「江戸だって寒いほうだ」

「二月や三月は大風の日が多くて」

「いやなのかい」

又右衛門は少し苛立ってきた。

おしげはできたら江戸に近い佐倉や高井戸にしたかったが、父親の提案を聞いて、当の伽那が喜連川に行きたいと言い出した。

「へっ」

おしげの口から頓狂な声がついてでた。

「おまえ、本気かい」

「はい、わたしも一度喜連川に行ってみたいと思います」

又右衛門は決まったな、という顔をしておしげをみた。おしげは渋い顔をしたが、がらりと母親の威厳を繕って、

「じゃ、おっかさんもいっしょに行くから、伽那も元気になって江戸にもどってこなくちゃいけませんよ」

と娘にとも自分にとも言い聞かせたのだった。

伽那は踊りや手習いのお師匠さんや友だちと、別れのあいさつをして母親のおしげと又右衛門の信任のあつい店の者と、この旅のために雇った供のものと一緒に、室町の越前屋を出立した。

それは伽那が季節のひとめぐりで十四歳になろうとする九月も終わりの頃だった。

二

悌七は父親の喜右衛門にいわれるまま逃げるようにして江戸をあとにした。まだ、悌七の耳の奥には山王祭のざわめきが渦巻いていた。祭りが終わって突然訪ねてきた平六の話が気になったし、名主にすすめられるまま出てきたのは卑怯な行為に思えた。

喜右衛門に紹介された京都の今出町の鍼磨りの親方のところに住み込むことになった。

人別は肝煎りさんあてに名主の鈴木邦太郎が骨折ってくれた。

言葉には慣れるまで苦労したが、仕事は思いのほか楽しく時間のたつのを忘れた。

時折り、飛脚屋の房吉から連絡があり、仁平と常次、虎五郎が江戸払いになったことを知った。それでまた悌七は卑怯者の汚名をまとったことを抜きがたく自覚した。

博打のかどで捕まったようだが、あれは練り物のせいだと悌七も思っている。

三人だけが捕まったのは彼らが本町人の倅じゃないからだろう。ご公儀の世は身分によって刑罰のありかたも執行のしかたも違っていたし、たいらに言えば捕まえやすい者から捕まえたといっていい。

悌七は上方に移ってからは博打には手をださずひたすら仕事にうちこんでいた。それは上方にいても悌七に甘い感傷をもたらした。

江戸を離れてまる二年目に江戸ではまた山王祭の季節がめぐってきていた。

房吉から文が届いた。

そこには山王祭の踊り屋台にあの室町の娘がふたたびあがったという報告があり、いっしょに祭り番付も添えられていた。仁平からはあのような賭けを持ち出されたが、悌七も越前屋の娘に賭けたかった。仁平の勢いにおされて、はっきり口に出せなかったことがずっと悔やまれたが、仲間にも誰にも言えなかった。娘がいる家のまわりをうろつく野良犬だった。

「仁平が賭けに勝った。さすが仁平だ」

悌七たちは揃って仁平に負けたことになる。悌七は二分くらいの金はいつでも払える。というよりむしろ早く仁平に会って、払いたいという思いが忽然とわいた。

しかし、あと一年はここで辛抱しなければならなかった。

房吉の手紙をもらってからひと月もした頃、悌七を訪ねてきた者があった。

「平六！」

旗本の中間部屋から逐電した平六がひょっこり目の前にいた。

仕事も終わる時間だったので悌七は平六をすこし待たせて行きつけの飯屋に誘った。

「なかなかの職人面になったな、悌七」

「あれから、お前の危惧したとおりになった。お前は江戸から逃げ出し、おれも修行に名をかりた遁走だ。卑怯者になったな」

「そうだが、あんなもので捕まるいわれはないぜ」

「考えてみれば仁平さんはなんだってあんな練り物をだそうとしたんだろう。故事や伝説や神話の世界をとりあげるのが普通じゃないか。そうだろう」

「おれたちも馬鹿だからなにも考えずに仁平さんの思うままにやってしまったが、今となってはいいと思う。町の連中と同じものをならべたって面白くないだろう」

「意外に罪が軽かったと思わないか。もちろんおれたちも捕まっていないし。賭けは仁平さんの勝ちだな。越前屋の娘がまた踊り屋台にあがったんだ。おれもあの娘はどこか違うとは踏んでいたんだが」

悌七は首すじをなでながら言った。

「おれも驚いたよ。まさかこんな結果になるなんて」

「いさぎよく負けを認めて金をだそうぜ。仁平さんには連絡はつくのかい」

「いや。その仁平さんだが変な噂があるんだ。追われているらしい」

「ほんとうか。お上の裁きはくだったからその筋はないだろう」

「と思うが、気味が悪い」

平六は四国の金毘羅詣での帰りに悌七のところに寄ったといい、おんな連れだとなかば惚気調《のろけ》子で白状した。悌七が面白半分に問い詰めると糸問屋の後家さんと懇ろになってしまい金毘羅詣でについてきたようなのである。

こういう平六みたいなおとこを位牌間男というらしいが悌七は若いのでそんな言葉はつゆ知らない。

後家さんの生家が京都の洛北のほうにあり、後家さんはそこに二晩ほど泊まるのでその間、平六は羽をのばしているということだ。

しかし、島原で遊ぶほどの金も度胸もないので、気になっていた悌七を訪ねてみたという。

「おまえにも人の真似できない才覚というものがあるんだね。後家さんはいいおんなかい」

「おれにはもったいない。後家さんといったって三十ちょっとだぜ」

「それでもおれたちより十も上だ。しかし、あぶらののった大年増なんだろう、羨ましい」

「悌七はおんなはいないのか」

「実はおまえにだけ言うが、あの越前屋の娘、おれも気になっていたんだ。仁平さんにさらわれちゃって。それに上方のおんなは野暮な東男にははなもひっかけない」

「ほんとうに鍼磨りの修行だけにきたんだな」

「言いたいだけ言えばいいさ」

「あはは、そう怒ることないさ。そのうちいいこともあるさ。また江戸で会いたいな」

「そうだな」

悌七はなにごともなくそれで平六とは別れたが、平六が言った仁平の噂のことがいつまでも胸にくすぶって痞《つか》えとなって残った。


悌七はなんとか上方での鍼磨りの修行を終えて、江戸にもどった。

両親も兄の銀次郎も悌七がたくましくなって帰ってきたことを喜んでくれた。

それからずいぶんしばらくし、平六がいつものごとくひょっこり顔をだした。

「帰ってきたな」

「京都で会ってから四年になるか」

「そうだ。あれから四年もたってしまったとも言える。悌七は腕に磨きをかけた。おれはいまだ腰がふらつく根無し草だ」

「その後、後家さんとは」

「それはあとで話すさ。それよりどうだ今夜、房吉と和弥に声をかけるので集まろう」

「いいけど。平六、おまえはお上から追われているだろう」

「それか。うちの殿様にお願いして蛇の道は蛇で見逃してもらっている。もちろん大手は振れないけど」

「じゃ、安心してどこへでもいくぞ」

「それなら亀島橋を越えた先の川口町の斎田屋にしよう。ここは後家さんの妹がやってる飲み屋なのだ。安く飲ませてくれる」

「ほお、相変わらず手回しがいいな、平六」

「じゃ、そこで暮六つだ。房吉と和弥にも声をかけてくる」

平六は軽い身のこなしで悌七の目の前から消えていた。

この時、悌七、平六、房吉は揃って二二歳、和弥は二十一歳。あの山王祭から六年の歳月がながれていた。


斎田屋は、川口町の亀島川沿いにあって、ごみごみした町の路地をはいったところであった。このあたりには、金持ちが火事や窃盗から財物を守るために、自邸に穴を掘るための穴蔵屋の工人が集まって住んでいたので、そうしたおとこたちが斎田屋に飲みにきていた。

店は汗の臭いと煙草の臭いが充満し、さして大きくもないがほぼ満席だった。

「よっ」

といって平六は奥の小座敷に向かってずんずんはいっていき、悌七たちは先客のおとこたちの胡乱《うろん》な視線を受けて席についた。

「いらっしゃい」

豊満な肉置《ししお》きのおんなが寄ってきた。それが、女将の照だった。

「おれの仲間だ。大事にしてやってくれ」

「まかせておいて。若いお客さんはことに大切にしますからね」

照は邪気の無い笑顔をみせて、悌七たちの顔をさっと見回してもう一度、にっと笑った。

小おんなにあれこれ注文してやっと席になじんできた。

「悌七、上方で四年もよく辛抱したな」

「そうだ。感心したよ」

「おんなもできなかったんだって」

かってにそんなことを言って仲間は悌七の帰りを祝って乾杯した。

「あれから六年だ。おれたちも二十歳をとうに越してしまったな」

平六が言うと、

「おまえにはおんながいるからまだいいさ」

と悌七がそこに話をふっていく。

「江戸にはおんなが少ないからぼやっとしてたら一生鰥夫《やもお》だぜ」

「後家さんとはまだ引っ付いているのか」

「それがここの女将にひっかかって後家さんからは追い出し食った」

「あはは、金持ちの後家さんより若い妹のほうが良かったのか」

と房吉もまぜっかえす。

「そうじゃないんだ。姉妹たって一つしか違わないんだ」

「そうか、じゃなんだって」

「房吉よ、おとことおんなには時の勢いというものがあるのさ。それに押し流されたらもうどう踏ん張ったって流れにゃ逆らえないんだ」

「へぇ、そんなもんですか」

房吉も和弥もいっしょになって笑った。

「それより仁平さんたちはどうした。平六がおれを上方に訪ねてきたときには仁平さんが誰かに追われていると言ったな」

「そうだ。おれが五百石の旗本の中間をしていた時の仲間がそんな噂話をしていたんだ」

「まだあのときのことが尾を曳いているのか。だいたいおれたちは、仁平さんのこと、博打というだけしか知らないわけじゃないか。仁平さんの親のことも兄弟のこともいっさい知らない。たまたま賭場で知り合い、近所に住んでいたので付き合うようになった。付き合ってみりゃ、博打は強いし、頭はいいし、人柄も並じゃないような気もしたけれど」

悌七は思っている疑問を口にした。

「じゃ、おれたちの知らないことで仁平さんが追われているというのか」

「それはおれにもわからないが、山王祭の練り物の件は裁きはついているんだ。げんにおれたちにはいまも何もないじゃないか。だから、おれたちの知らないことで仁平さんには何かあるのだ」

「人殺しか」

「いや、それなら捕まったときに江戸払いじゃすまなかったろう」

「何かの犯罪に加担しているとか」

和弥もつい口をはさむ。

「そんな風にはみえないな」

と房吉。

「ふ～ん。ところで常次と虎五郎はどうしてる」

悌七が一同を見回した。

「常次は一度、うちの店にきました」

葉茶問屋の三男坊の和弥が言った。

「いつ？」

「江戸払いになって二年後の六月です」

「そうか、常次も山王祭の屋台が気になっていたんだ。あれは仁平さんの一世一代の大勝負だったんだな。ん？　待てよ。あれは仁平さんから言い出した賭けだったな。その前に……」

「その前に房吉と常次が踊りのお師匠さんに弟子入りするのしないのの賭けがあったな、そうだろう房」

「あれはおれが勝ちました」

「というと」

「お師匠さんはおれの入門を許してくれまして。おれは二年間通いました。お師匠さんが引っ越されることになっておれの踊りは打ち止めになりましたが」

「そうか。残念だったな」

と平六が房吉の背中をさする。

「お師匠さんは若くていいおんなだったので、本気でおれは打ち込むつもりでいたんですが……大魚をのがしました」

房吉はそのことを思いだしたのか、あからさまに肩をおとした。

「常さんはおれたちの負けだ、仁平さんに会うことがあったら渡してくれといって二分をおれに預けていきました」

和弥はその時のことを思い出したか湿り声になる。

「わざわざそれを届けに。いいやつだな常も。それにしても常は二度負けたわけだな。あいつの指物師渡世も負け続けじゃなけりゃいいがな」

と平六はいってごそごそと懐中をさぐった。

「これはおれの二分だ。和弥に預けておく。仁平さんにあったら渡してくれ」

「それならおれも」

といって悌七も房吉もそれぞれ二分を和弥に預けた。

「仁平さんは江戸にあらわれますかね」

賭け金を預かってすっかり責任の重くなった和弥は心細くなった。

「さっきの続きだが、仁平さんは自分から賭けを言い出した。あれは賭けが眼目じゃなかったと一瞬思ったのだ」

「どういうことだ」

平六が猪口を前につきだして悌七をにらんだ。

「仁平さんはあの娘、越前屋の娘だったが、あの娘に惚れたんじゃないかな。そうじゃなければぜったい勝てっこない賭けを仁平さんがしかけるわけはないんだ。それを賭けにことよせて持ち出したのは娘にたいする愛情の贖罪とおれは考えたんだ。娘にたいする愛情は罪と仁平さんは考えたんだ。それで絶対負ける賭けで皆に金を差し出すが、それは罪をあがなうための代償なんだとおれは思った。仁平さんにとってそれは幸福なことだ。しかし、賭けは仁平さんが勝ってしまった。複雑な思いだったろうな」

と房吉。

「どうして愛情が罪になるんだい」

「相手がなにもまだしらない無垢な娘だからさ。それと風来坊と越前屋の娘ではどう逆立ちしてもつりあわないさ。いや、あの時、おれもあの娘が再び屋台にあがる、に賭けたかったんだ。あの娘に岡惚れしたんだと思う。でも仁平さんの勢いに負けて、あげく上方へ逃げたのさ」

「悌七、考え過ぎさ。越前屋の娘はあの時、十一歳だったはずだ。仁平さんは十八歳だ。そんな娘っこに惚れたりしないさ」

「その時はそうさ。しかし平六、今を見てみろ。仁平さんは二十四歳、娘は十七歳。最高に娘盛りに仕上がっているじゃないか」

「へえ、さすが仁平さんだ。そこまで読んでいたのか」

和弥が言って一同はうなってしまった。

「しかし、仁平さんはしがない博打打、娘は天下の越前屋の娘だぜ。この賭けに仁平さんはどう勝つっていうのよ」

と房吉。

「そこだ。おれたちにはとても勝てる術はないが仁平さんならなにかやると思うんだが、やっぱり無理かなぁ。平六ならどう勝ち抜ける?」

「悌七、この賭けを持ちだしたって誰ものらないから成立しないさ」

平六のその言葉で皆黙り込んでしまった。

「あらら、みなさん元気ないわね」

少し聞《きこ》し召《めし》た女将の照が、大きな尻を和弥の太ももにあずけるかのように押し付けて座り込んだ。脂粉の気があたりにふりまかれた。

「おとこがさ、十や、そこらの娘に惚れるってことはあるかな、女将」

平六が照をみやる。

「そりゃ、あるでしょう。むすめも十にもなれば、おとこの目を気にするもんですよ」

「えっ、そうかい。女将もそうだったのかい」

と房吉が酔ったふりをして照の胸を指で軽くつつく。

「わたしは七つくらいからそうでしたよ。姉よりおとっつぁんに気に入られようと考えたりしたもんだよ」

「へえ、そんなものなんだ。驚いたな」

「考えてみりゃ、うちのシロは一歳になるかならないうちに子を五匹も産んだんだから、人様が十歳で色気づいたって罰があたることはないだろうさ」

房吉が言うと、

「房、犬といっしょにするんじゃない。とはいうものの十歳から五年もすりゃ嫁にいったりするのだから、ああ年上ばかりのおんなの尻を追いかけてるおれにはさっぱりわからない」

平六が頭をかきむしって大仰な仕草をすると照が、

「馬鹿いってるんじゃないよ。おんなの気持ちを知らないと酷い目をみるよ」

と平六をにらんで笑った。

斎田屋はいつまでも客が途絶えず、暖簾をおろすまで悌七たちはねばっていたが、最後まで客でいっぱいだった。

悌七は江戸にもどってから銀次郎の片腕となって仕事をまかせられていたが、間もなく家のまわりに見知らぬおとこたちの姿をみかけるようになった。

薄汚い恰好のおともいたが、小奇麗な恰好をした定斎屋らしいのもいた。

悌七は気持ちが悪くなって斎田屋に平六を訪ねたり、飛脚屋の房吉を呼んだりした。

「おれの店にもうろつくやつがきてる」

「やっぱりそうか」

房吉も気づいていた。

「江戸払いの三人のことか」

「いや、仁平さんじゃないだろうか」

「連中が直接、なにか言ってくれば話が早いが、なにも言わずにこっちを見張ってるのが気に食わないな。それに皆、お目付のように目が油断なく尖っている」

「そうなんだ。うちのおっかさんも妹たちも暗くなったら一歩も外歩きはできないってこぼしているよ」

悌七たちは互いに連絡を密にしてこの状況を打開しようとしていたが、誰にも相談できずにいた。

悌七は両親や銀次郎が心配して気にかけているのはわかっていたが、どうすることもできなかった。

三

伽那が喜連川にきて半年になろうとしていた。間もなく江戸にもどることになる。

母親のおしげは一度江戸にもどっているが、今はまた伽那と一緒にいた。二人が外出するときは、越前屋の者と喜連川家の者がついてきていた。喜連川においてはそうすることがまったく必要がないほど、領内は喜連川公の威信がいきとどいていて平和なものだった。「いよいよここともお別れだね」

おしげが伽那をみる。

「まだここにいたい」

「だけどおじいさんもおとっつぁんも、首を長くして伽那の帰りをお待ちだよ」

伽那は喜連川に来てからすこし元気がもどってきたが、ときどきふさぎこむことがある。おしげはそうした伽那のささいな気持ちの変化はわかっていたが、それは年頃のせいにして深く気にとめなかった。

おしげが、

「もう桜のつぼみがふくらんできたようだね。ここは近在いちばんの桜の名所なのよ。江戸に帰る前に伽那に見せてあげたいわね」

といって伽那の気をひいた。

「ええ、そうなの。わたしは桜、好きよ」

「そうだったね。じゃ、いい日をえらんで行ってみようか」

二人の計画は順調にすすんで、夜半にさっと通り雨が降った翌日、朝からうららかな天気のいい日に荒川の土手に出かけていくことにした。

おしげは供に連れてきた小おんなに手伝わせて弁当を作り、総出で出かけた。

用心のため警護役のおとこも二人ついてきていた。

土手の桜は薄い桃色の花をひらいて、川の両岸を埋め尽くしていた。その下には大勢の花見客が莚や茣蓙をしいて、気の早いものはもう酒に酔って踊りだしていた。

風に舞ったはなびらが盃に落ちかかり、川には屋形船がうかび、雅な女人がその白い顔を人形のようにみせていた。

あちこちに屋台店がでていて、煮売り、てんぷら、すし、田舎饅頭などが花見客を集めていた。

伽那たちもお弁当をひろげて、桜を見たり花見客の酔態をみたり楽しんでいた。

伽那の目の先を肩に猿を乗せたおとこが通りかかった。

「あれは」

「猿回しですか。そこの空き地でやっていますよ」

喜連川家からきている警護役の八重樫という侍が言った。

「見てもかまわない？」

伽那はおしげにとも八重樫にともいえずに言った。

「まいりましょう。拙者がお供します」

八重樫はおしげの返事も待たず腰をあげていた。

おしげはすっかり酒と桜に酔いしれて酔眼朦朧としていた。

空き地は桜にも飽きた子供たちや、酔っ払いやおんなたちでいっぱいだった。

太鼓の音にあわせて猿が踊りだし、空中で逆さ宙返りをしたりして喝采を浴びていた。客たちは猿回しの前に置かれた笊に銭を投げ入れて、さらに面白い芸を要求した。

伽那は夢中になって猿の曲芸を見ていたが、それ以上に八重樫は夢中になってしまった。

キラリと光るものが腰のあたりにあった。

ハッと伽那が後ろを振り返った。

伽那の目が裂けるほどの大きさにひらいた。

「あなたは」

腰のあたりに匕首を構えたおとこの手を、押さえた仁平の顔。そのとき仁平の手の甲に刃があたった。血が筋をひいてみるみる太い筋となった。仁平は頬被りしたおとこの手をねじりあげて猿回しの輪のなかから離れて、田の畔のほうにおとこをつれこんだ。

田植えまえの田は冬枯れたままだった。

仁平は花見客から見えない、藁を高く積んだ後ろにまわって、おとこの手をねじりあげたまま、おとこの頬げたをなぐりつけた。

「頬被りを取れ」

おとこはうずくまったままだ。

仁平はおとこから頬被りをとった。頬に古い切り傷があった。

「あんたは誰だ」

「……」

「なぜ越前屋の娘を狙う」

「……」

「黙っているなら、腕の一本はへし折るがいいか」

「なんだってあんたは娘をかばう。山王祭の時も邪魔だてしたろう」

「あの吹き矢の仲間か」

「……」

「黙っているところをみると仲間だな。しかし、あいつは元越前屋の手代を殺してるんだ。死罪もやむなしだろう。その上、越前屋の娘を傷つけようとした。よほど越前屋に恨みがあるんだな」

「あんたは阿漕な越前屋のことを知らないんだ」

「しかし、一方的に越前屋は責められないだろう。安直に金を借りたやつが悪いとも言える」

「越前屋は度をこして取り立てる。何十人も泣きをみている」

「それは越前屋に、もといた佐代吉みたいなものがやったことだろう」

「そうだとしても越前屋はそういう人間を雇っていたんだ」

「屁理屈だな」

「おれも妹を岡場所に売られた」

「それで恨みをはらそうとしたのか。それにしても江戸から遠く離れた喜連川あたりまで押しかけてきて娘を狙うのはおまえが絵図を描いたわけじゃないな」

「……」

「まただんまりか。ここまで追いかけて隙をうかがって殺すとなりゃ、金もかかったろうし、あんたにも危険がともなう。いくら貰ってきたんだ。えっ、誰にいくら貰ってきたんだ」

仁平はおとこの腕をまたとってねじりあげた。おとこは仁平と変わらぬからだの大きさだが、戦う気力は失せている。

「い、言うから、手を離してくれ」

「誰だ」

『おれに言ってきたのは、人足寄場にいた良治というおとこだ。おれとは寄場で知り合った。しかし、良治が誰から頼まれておれに言ってきたかは知らないんだ。おれも食い詰めて頼まれるままにこんなに遠くまで来てしまった」

おとこの言うとおりかもしれないと仁平は思った。

「しかし、あんたはこのまま江戸には帰れないだろう。どんな仕打ちが待ってるかしれないからな」

「……」

「帰りな。腕を一本折るつもりだったが、やめた。あんたに越前屋の娘殺しを頼んだやつをおれがきっと見つけ出して天誅をくだす。それまでそいつらから逃げるんだ。おれがそいつらをうまく裁いたらあんたは大手を振ってまっとうに生きるんだな」

「許してくれるのか」

「あんたの名前は？」

「磯三、兄さんの名は？」

「おれの名はどうでもいい。人に気づかれないうちに消えろ。越前屋の娘に二度と近づくんじゃないぞ」

磯三はのろのろと立ち上がり、花見客に見られない方へ歩きだした。磯三の腰のあたりには田の土と藁がついたままだった。

伽那は屋敷に帰ってからも胸が高鳴ってとまらなかった。

（またあの人がわたしを救ってくれた）

仁平が匕首を持ったおとこの腕をねじりあげ伽那の危難を救ってくれたことはすぐにわかった。

伽那は自分が傷つけられなくて助かったことよりも、仁平がいつも危険がせまったときに自分の前にあらわれることが不思議でならなかった。

（なぜあの人はわたしを見守っているのだろう）

いつのまにか伽那の気持ちのなかに、仁平はすずやかな目をした救い主として棲みついた。


伽那が母親とともに江戸に帰ったのは、江戸の桜がすっかり終わった頃だった。

仁平も追うように江戸に向かったが、簡単に江戸の町をうろつくことができない。それなりの用心が必要だった。

それでも注意深くして伽那のまわりを離れることはなかった。

一度、悌七の店の前にたったが、悌七は上方からもどってきていなかった。山王祭以来、あの時の仲間と一度もあったことがなかった。博打もやらずひたすらからだを使う仕事にありついて日をおくっていた。

伽那をつけ狙うおとこの姿はみかけなくなったが、磯三に依頼したおとこも取り次いだ良治というおとこも見つからないままだった。ただ仁平自身が誰かにみられているような気配はいつもあった。それは江戸払いの身であるから当然といえば当然といえた。それで仁平はつまらないことで捕まることのないようには用心していたが、いやに偏執的な気配なので夜中に寝汗をかいて、目覚めることもあったほどだ。

越前屋では警戒してか、伽那が外出することはめったになかった。たまの外出のときは大袈裟なほどのひとがついていた。習い事などは、師匠が越前屋まで足をはこんできて教授しているようだった。

そうして月日が過ぎていった。

終章　若人《わかびと》の季節

一

十兵衛たちが室町三丁目の越前屋又右衛門宅へ徒歩鍼行にいくのも、五回を数えるようになった。

桃春によると、又右衛門の症状は軽快になっているということだった。

いつものように半刻後、十兵衛が茶の間で待っていると桃春と千代が片づけを終えてもどってきた。

越前屋又右衛門はおしげとともに、

「桃春様、ありがとうございました」

と三人の前に座るなり礼をのべた。

越前屋又右衛門は、治療のあとはそのまま四半刻寝てしまうか、起きてきても寝巻き姿であったが、この日は袴姿に着替えていた。

「すっかり心身が生き返ったようで、桃春様の鍼に感服いたしました。ご無理を言ってお願いしました甲斐がありました」

「そういっていただけるとうれしいです」

桃春は深く頭をさげた。

「もう桃春様のお手を煩わせなくてもよろしいですか」

と又右衛門。

「はい。ご無理なさらずにお働きいただければ心配ありません。またご懸念がございましたらおっしゃってください」

おしげが新しくいれたお茶をもってきた。花の形を模した煉切がそえられていた。

「此度《こたび》で皆さまともしばらくおめもじかなわなくなります。この際ですのでわがままをひとつ聞いていただけましょうか」

越前屋又右衛門は、はっきりものを言うおとこに見えたが、歯切れの悪いもってまわった言い方で話をきりだした。

女房のおしげも下を向いたままでいる。

「じつは、下の娘がおりましていささか難渋しております」

「あなたがいけないんです」

おしげが強い気性そのままに、とつぜん又右衛門をにらんだ。

「あなたが喜連川にあの子をやるから」

またおしげは又右衛門をなじった。

「やめなさい。あの子がそうしたいと言ったのだから、いまになってとやかく言うのはみっともない」

「いえ、わたしは高井戸か佐倉にしたいと言ったのにあなたはそれを無視して」

「高井戸でも佐倉でもおなじことだ。あの子をつけねらう者はしつこくつきまとってくるのだ」

又右衛門夫妻の諍《いさか》いがまたはじまってしまった。十兵衛はつけねらう者と聞いて聞き捨てならないと思った。

「越前屋さん、詳しく話されたらいかがですか」

「これはお恥ずかしいことを失礼いたしました。これが申します喜連川は下野の喜連川なのですが、いささかご縁がありまして、江戸に火事の多い冬のあいだそちらへ女房と娘の伽那を避難させていました。ところがそこで伽那は襲われそうになったのですが、ある若者に窮地を救われました……」

又右衛門はそのときのことを話した。

「襲ったものは？」

「人足寄場にいた者だそうです。四年前の山王祭のときわたしどものところにいた佐代吉というものが殺されました。その罪人も人足寄場にいたというおとこで、そのおとこは娘の伽那を吹き矢で傷つけようとしました。ところがそこで伽那を救ったのもその若者だったのです」

「では山王祭でも喜連川でも娘さんはその若者に助けられたのですね」

「そうです」

「その若者はずっと娘さんを見守りつづけていたわけですね。でないとそう都合よく危機を救うことができませんものね」

「気味が悪い話です」

「聞きにくいことですが、なぜ越前屋さんの娘さんが襲われたり、元の奉公人が殺されたりするのですか」

「一部の店のものが、陰でこっそり御定《ごじょう》破りの貸付をして法外な利益を得たり、取立てをしたりしたことがありました。そうした者はわかりしだい店をやめさせたのですが、越前屋の看板が大きいせいか、彼らはやめてからもあたかも越前屋がやってるかのようにして商売してましたから、すべて憎悪の矛先はわたしどもにむかってきます」

「六年前の山王祭でも溺死者がでて越前屋さんの店のものだという噂もありましたが」

十兵衛はさらに詳しく聞こうとする。

「はい。あの者もいつやめさせようかと思っていた矢先のことでした。手をまわして話がひろがらないように処理しましたが、なかなか世間の目はごまかせません。それから店の綱紀粛正に注意をはらい、あぶない貸し出し、不法な利益捻出はやめるようにしてきました」

「播磨屋さんとの取引から手をひいたのもそういうことですか」

「ご存知なのですか」

「いやちょっとしたことがありまして」

「十兵衛さまと早くお知り合いになっていましたら、いの一番に用心棒をお願いするところでした」

「それで娘さんのことで困っているというのは」

「はい。むすめの伽那が喜連川から帰ってくると、とみに元気がなくなり、だんだんやせ細り見るかげもなくなりました。掛かりつけ医には診てもらいましたが、有効なてだてはなく、これは桃春さまに診ていただかなくてはと悩んだりしておりました。ところが……」

越前屋又右衛門はそこでつまって、懐紙をとりだして涙をふき洟をかんだ。

おしげが、

「わたしはあの若者のことじゃないですかと言いました」

と付け加えた。

越前屋又右衛門は信じなかったが、娘の伽那によくよく聞いてみるとあながち間違っているとも思えない。しかし、どうしたらいいか夫婦は頭をかかえてしまった。いったいどんな若者でどこにいるかもさっぱり見当がつかない。ただ、伽那のことはずっと見張ってくれているようなのでそのことをたよりに思案を重ねた。

「あなた、滝野川のおとうさまのところに伽那を預けましょう。あそこならきっとその若者も来やすいのではないですか。そこでその若者と話ができればよろしいのですが」

とおしげが提案してそのようにことがはこばれたのだ。

越前屋では伽那が何者かに狙われている事実があるので、屈強なおとこたちを雇って警戒にあたらせていた。

おしげの父親の弓右衛門は不快をあらわにしたが可愛い伽那のためにうけいれた。

十兵衛は茂左衛門と田茂三とで滝野川に越前屋弓右衛門を訪ねたことを思いだした。着物姿の若いおんながちらと家のかげに隠れたように見えたがあれは越前屋の娘だったのだ。

「弁柄屋さんと滝野川にお訪ねしたことがあるのですが、ご隠居は伽那さんのことはなにも言っていませんでした」

「父は今回のことにはいろいろ不満があるようでして」

おしげがおずおずと言う。

「滝野川はいいところですよ。こちらまで歩いてこようと思えば造作もないことですし。畑仕事で一日暮らすのも悪くない。庭の隅に土蔵がありましたね。古いがなかなか立派なので感心して見ていました」

「何か気づきましたか」

「何か?」

「声など聞こえませんでしたか」

「耳をそばだてていたわけではないのでとくには」

「そうですか。ほかに気づかれたことは」

「娘さんをつけ狙ってる者がいそうな気配はありませんでしたが」

「ここのところ怪しい者の姿は見えなくなりました。それで常時警護するのもやめてときどき見回りだけさせています」

「娘さんは滝野川に移って元気になられたのですか」

「移った頃は塞ぎこむばかりでだめでした。父は伽那のそんな姿を見るのは辛いことがわかっていましたから、この処置に不満を持ったのだと思います。そうした日々が半年ほどつづいて……」

おしげの話はやまなかったが、越前屋又右衛門は十兵衛に、

「お時間ができ次第、もう一度滝野川を訪ねていただけませんか。お願いというのはそのことなのです。訪ねていただければ伽那が救われます。ひいては越前屋も再生できます。なにとぞ十兵衛様のお力をおかしください」

と言って声を震わせた。

越前屋を辞して十兵衛と桃春と千代は、お定まりの団子屋に寄って、いつもより少ないそれぞ

れ三串の団子を注文した。

「どうなのだろう、お千代どの。越前屋の娘はもう十七歳、その若者と数奇な出会いをした最初は十三歳。厳密にいえば初めて天下祭の舞台に上がった十一歳の時だ。その後、また会って娘はその若者にこころを奪われた。そんなことはあるのだろうか」

「あります。おとな以上に多感な年頃ですからね。ずるくもなく、見栄もなく一途に自分の感性だけを信じて思いをぶつけられるんです。わたしにもありました。でもそれは一瞬のことで魔法のような季節なのです。それはふたたびめぐってはこない刹那」

千代はまるでせりふを読むがごとくいい、放心したように目をとじた。

（多感な季節か……）

十兵衛ははるかなまぼろしを追いかけるように過去を透かしみたが、千代のいう多感な季節にはいきあたらなかった。


十兵衛たちが弁柄屋に帰って間もなく田茂三親分がひとりで十兵衛を訪ねてきた。

「旦那、わかりましたよ」

「……」

「滝野川で会った若いおとこですよ」

「ああ、誰だった」

「あれは、伊丹総家六代目銀次郎の弟の悌七です」

「えっ、銀次郎の弟か。上方帰りの」

そう言ったが、十兵衛は少しとぼけた。悌七が伽那のいる家に行って、少しでも近くにいたい気持ちがわかっているし、あの土蔵にいるのはたぶん仁平なのだから。そのことも悌七は言わないが雄《おす》の勘で知っているのだ。

「親分、明日あたりもう一度滝野川に行ってみないか。越前屋に頼まれたのだが、ひょっとするとひょっとなんだ」

「ええ、まいりますとも」

「そうかい。じゃ、また朝早くたとうじゃないか」


翌朝、足拵えもしっかりかため、十兵衛と田茂三は明け六つに江戸橋の高間河岸で待ち合わせた。

途中、白山権現の茶屋で休憩して菜飯を食べた。陽射しはきつくなって家や樹の陰をひろって歩きたいような気分にさせられた。

途中の家で井戸水を、めぐんでもらいながら二人は道を急いだ。

やっと王子権現に向かう辻の茶屋が見えてきた。道行くひとの姿はまばらである。

畑が続く道を北へむかっていく。

背の高いひとつばたごの樹がみえてきた。土蔵の漆喰が陽をはねかえしていた。畑にひとの姿があった。

「ご隠居どの」

十兵衛が大きな声でよばわった。

越前屋弓右衛門は腰をのばして十兵衛たちを見た。

「おお、十兵衛さんか。権現さんにお参りかい」

「いや、ご隠居に会いにきました」

「そうか。しかし、急だから何もないぞ」

「ご心配におよびません。冷たい水のいっぱいで十分です」

「それならお安い御用だ。まあ、なかでひとやすみしなさい」

日向から家のなかにはいるとひんやりした。台所で手伝いをしている婆さんが盆に水のはいった茶碗をもってきた。

十兵衛と田茂三はたったまま土間で飲んだ。

「うまいなぁ、つめたくて」

思わず口をついてでた。

濯ぎをつかって囲炉裏のある板の間にあがった。

「ご隠居とつぜんお邪魔して申し訳ござらん」

「なに心配にはおよばない。ひまなものだからな。何用かな」

「お孫さんがこちらに」

「伽那のことかな」

「伽那さんは元気に」

「おお、すっかりな」

「わたしが弁柄屋さんと来たときには姿がみえませんでしたが」

「そうだったかな。あれも子供でな、人見知りするのかもしれん」

「おいくつですか」

「もう十七になるかな」

「立派なお孫さんではないですか」

「室町でなにか頼まれてきたというわけか」

「お察しのとおりです。伽那さんを危険から救い、越前屋を再生させて欲しいと又右衛門夫妻から頼まれました」

「そうか」

「庭に出てもよろしいですか」

十兵衛と田茂三はことわって広い庭にでてみた。鶏が庭の隅でみみずをつついたり、貝殻をくだいたのをつついたりしていた。庭は南に向いていて、その先は畑になっている。境目がわからないほど平らな土地が広がっていた。庭の東側に屋敷の門に続く道があってその道を背にして古い土蔵が建っていた。

壁にうちつけられている折れ釘は錆ついていた。

土蔵の出入り口の上に窓があり、南側にもあった。土蔵の腰巻は板壁になっていて、北側の壁の下には、薪が背丈ほども高く積んであった。

土蔵の前に犬小屋があり、茶色い犬が丸くなって寝ていた。

陽は頭上にあって、時折吹く風が、耳元を通るだけでまわりは静寂に包まれていた。

十兵衛は蔵の周囲をゆっくり歩きながら耳を澄ましてみた。物音ひとつしない。

蔵の庇の下に入ってみた。金網を張った頑丈な引き戸には鍵がかけられていた。足元をふと見て、十兵衛はかがみこんでそこを覗き見た。

壁に一尺四方の穴が開いていて板が嵌めてあった。板は敷居の上を滑って開け閉めができるようになっていた。

「親分、これは」

「なんでしょうね」

十兵衛が小さな板戸を左右に開閉してみる。滑らかに動いた。

その時、人の気配を感じた。

「親分、蔵に誰かいるぞ」

「かすかに音がしましたね」

「行こう。ご隠居に話を聞こう」

十兵衛と田茂三は庭をつっきって弓右衛門がいる仏間に入っていった。

「ご隠居」

「どうした怖い顔をして」

「土蔵に誰かいますね」

「声でもしたかね」

「いえ、気配がしました。なかに誰か……」

「……」

弓右衛門の口は重かった。

「ご隠居」

十兵衛は珍しく腰をうかして弓右衛門に体を寄せた。

「待って！」

絹を切り裂くような声がした。

「伽那」

弓右衛門のつぶやくような声。

三人の視線の先に、姿の美しい娘が立っていた。

十兵衛は目を瞠った。

「律！」

夫婦になって三年で病魔にさらわれた妻の面影が、雷《いかずち》のように十兵衛の全身を貫いた。

「わたしがお話しします」

「伽那」

「おじいさん、ごめんなさい。わたしのことで心配かけて。土蔵にいるお方は仁平さんといいます。わたしを二度も助けてくれて、その後もずっと守ってくれた方です」

「なぜ土蔵に」

「仁平さんがそうさせて欲しいと言うからです。わたしを守るつもりでずっといるのです」

「土蔵からはいつでも出られるのだろうか」

「出られます。今日は鍵をかけてありますが、いつもは施錠していません。わたしに何かあったらすぐ助けに来てくれます」

「しかし、その若者も誰かに追われていると聞いたが」

伽那はそれには答えず、

「土蔵はなかからも鍵がかかるようになっています」

と言う。

「なるほど土蔵なら火をつけられる心配もないか」

「その若者は何者ですか」

「知りません」

伽那は冷たく言い放ったが、その表情に心細さがまじっているのを十兵衛はみた。

「どうだね。十兵衛さん、あんたを信用してひとつあの者に会ってみるかね。いつまでも土蔵に若い者がこもっていても仕方ないじゃろう。伽那も正直どうしていいかわからないのだ。あんたがきたことをきっかけにことを進展させよう」

「わかりました。ご隠居。案内してください」

ふたたび庭の東にある土蔵に四人で向かった。まもなく九つになる。

弓右衛門が鍵を開けた。内側からは鍵はかかっていなかった。

「仁平さん」

伽那が若者に声をかけた。

ごそごそ音がしておとこが顔を見せた。青の縦縞の単衣の小袖を着ていた。うっすらと髯がのびているが、端正な顔立ちで涼やかな目をしている。

「父の依頼で仁平さんの話を聞きにきた如月十兵衛さまと田茂三親分です。話してあげてください」

「親分は岡っ引ですか」

「北町の同心の旦那から手札をもらってます」

「わたしは六年前の山王祭のあと、江戸払いになっています」

「というと」

「博打です。武家屋敷の中間部屋の賭場から外に出たところで捕まりました」

「そりゃ、博打の一件じゃねえな。ほかに何かあるだろう」

「山王祭の行列でちょっとお上を怒らせちまいまして」

「なんだそれは」

「絵島生島をひねったもんでしたが、それは誰も気づくものじゃなかったはずなんですが見る人が見ればわかってしまうんだな、と後でわかりました。その行列に練り物で参加した仲間のうちわたしをいれて三人が江戸払いになりました」

「それでここに隠れているのか」

「それもひとつです。それと伽那さんを守らなければなりません」

「誰からだい」

「越前屋さんから酷い取立てをくった人間がたくさんいまして、とくに人足寄場にいた連中は伽那さんを狙ってきました。じっさいわたしが相手をとりおさえたこともあります。連中は越前屋にいた手代の人も殺しています。伽那さんを救ったわたしも連中に狙われています。喜連川で捕まえた磯三という男は、良治という寄場仲間のおとこに頼まれて伽那さんを襲いに喜連川までやってきました。ただ、良治というおとこの先に憎むべき張本人がいるのですが、わたしひとりでは捕まえることができません。それは十兵衛さん、田茂三親分にお願いしてもよろしいんですか」

「ああ、そうしないと伽那さんは安心して江戸の町を歩けないだろう」

「しかし、仁平さん、あんたひとりで伽那さんを守れるのかい」

「最初は越前屋さんから大勢の警護役がつかわされてきてたので、寄り付かなくなっていたようです。それで少しづつ人数が減ってきてその頃、わたしが自分からお願いしてこの土蔵に潜りこんだのです」

「連中はあんたがここに隠れていることは知ってるのかい」

「知らないと思います」

「もうどのくらいいるのだい」

「九か月になりますか」

「そりゃ、窮屈だろう」

「それもありましてわたし以外のかたに助けを求めたいと思ったのです」

「仁平さん、あんた寄場以外の人間にもつけられていないかい」

「そんなことが何かあるのですか」

「いや。あんた悌七というおとこは知ってなさるか」

「金六町の」

「そうだが」

「悌七はその山王祭の行列に加わった七人のうちの一人です。悌七は祭りの後、すぐに上方に修行にいってしまいましたが」

「その悌七を最近この辺でみかけたんだが会わなかったかい」

「はい」

「さて」

田茂三は黙って話を聞いていた十兵衛を見やった。

「仁平さん、すこしなまりがありますね。江戸の人じゃないのでは」

と十兵衛は仁平を見る。

「鳥山です」

「喜連川の隣か」

「はい」

「それであの辺りに詳しいんですね。伽那さんとはよくよくの縁があるわけだ」

十兵衛はそれとなく得心する。

土蔵をでて十兵衛が思案しているところに弓右衛門が寄ってきて、

「伽那はあの仁平という若者に気持ちを奪われているのじゃろうか。あの若者が土蔵に籠もってから伽那は明るくなってきたんじゃよ。しかし、博打打で江戸払いになっているおとことなどうにかなりようがない。それが不憫なもので。しかし、このままの形が永遠であるわけもない」

「ご隠居。お嘆きはもっともです。しかし、人生何が起きるかわかりません。あの仁平というおとこまっすぐな男子ではないですか。江戸払いもどうも嫌な臭いがします」

「十兵衛さん、年寄りにはいささかこの問題は荷がかちすぎます。どうか力をこの年寄りに貸してください」

「ご隠居、そう心配めさるな。せっかく伽那さんといっしょにいられるのだ。せいぜい楽しまれよ。あの伽那さんはわたしの亡くなった妻と瓜ふたつなので、さきほどから気持ちがさだまらず苦しくてたまらないのだ」

「ほっ、あなたにもそんなことがおありなのだ」

「あっはは、あたりまえですよ。あんな姿かたちの麗しい娘にはおとこは命を投げ出しても忠誠をちかい、犯しがたく思うのですよ。あの若者はそういう覚悟ですよ。羨ましいかぎりです」

十兵衛は心底そう思って滝野川を田茂三とともに後にした。

二

ここ数日天候不順で少し冷えてきた。部屋のなかに湿った冷気がながれこんだ。采女正《うねめのかみ》は体調おもわしくなく気鬱な日をおくっていた。

側用人の頃はこんな風ではなかったと思ったが、なぁに歳をとったということだ、とまたしても自分に言い聞かせている自分がいるのを知って苦笑した。

行灯の灯が揺れて、目付の柳井主水《やないもんど》が障子を開けて部屋に入ってきた。

「ご機嫌うるわしゅう。おからだはよろしいのですか」

「歳ということじゃ」

「さっそくですが那須の一件、ここらあたりで」

『どれくらいになるかの」

「八年になります」

「長いのぉ」

「天下祭のこともございましたからやむなく」

『あれも西の丸のほうで、とやかくいうものがあるから厄介なことになった。それも中納言殿がとりなしてくれたからあれですんだ」

「遺領継ぐものなくして改易は定法。公儀も逆恨みされてはかないません」

「まさかとは思うがお上としては細心の注意をはらって事を穏便にすすめねばならないのだ」

「そのための監視は必然です」

下野那珂川藩三万石は藩主那須資友が嗣子のないまま死去し、那須家では相婿が中心となって資友の弟資康に遺領を継がせたいと幕府に請願したが認められなかった。

那須資康はその時二十歳だったがそのまま母方の糸井家をたよって浪人してしまった。

「那須には結構弟妹がいたのではないか」

「はい。それぞれに御小人を配しまして、御庭番からもたぶん出ていると」

「おぬしのいうようにこのへんで那須の一件は幕をひくこととしよう。もはや公儀に弓を引くこともないだろう」

采女正はちらと水戸中納言と喜連川左馬頭《さまのかみ》の顔を思いうかべて肩をすくめた。


田茂三は滝野川からもどってすぐさま深川の八咫の鉄五郎のところへ飛んでいった。

「どうしたい二腰の」

「頼みがあるんだ」

「どんなだい」

「八咫の縄張りのうちで磯三という兄がいる女郎を知らないか」

「そりゃ、雲をつかむような話じゃないか。もそっと詳しく話してみねえ」

田茂三はかいつまんで仁平との経緯を話した。

「頬に傷のあるおとこねぇ。それにしてもおんながここにいるかどうかまったくわからねえ話じゃないのか」

「いやそうじゃないさ。越前屋はここらへんに播磨屋をとおして金を貸し付けていたんだ。返済に窮したものの娘や女房なんかも、ここいらで働かせるのが普通じゃないか」

「それも一理だな。よし探してみるぜ。大船に乗ったつもりで待っててくれ」

鉄五郎はそういって胸をたたいた。

それから五日ほどして鉄五郎から田茂三に連絡があった。鉄五郎は約束どおり磯三をみつけたが、磯三は胸を刺されて永代寺裏の十五間川に浮いていた。

田茂三がかけつけて、自身番でみた磯三の左頬には確かに三寸ほどの古傷があった。

仏になった磯三のかたわらで、泣きつかれて萎れた花のようなおんながいた。

「妹だ。櫓下の須磨屋の鈴香だ」

鉄五郎が怒ったようにいった。

おんなは目も顎も細い華奢《きゃしゃ》な顔立ちをしていたが、肌はきめ細かくはりつめていた。

「二日前にたずねてきたようだ。金もあまりもっちゃいなかったから無心にでもきたのかもな」

田茂三は鉄五郎の声も聞こえないかのように莚をはいで、じっと磯三の濡れた青白い顔を見ていた。その間、鈴香は猫みたいに丸くなってそこにうずくまって身動きひとつしなかった。嗚咽ひとつもらすことはなかった。

自身番をでるとき、鉄五郎にこれをといって二分ばかり渡した。

「線香代だ。葬式の足しにと言っておいてくれ」

「二腰の、いちいちこんなことしちゃ勤めきれねえぜ」

「いいんだ。おれは岡場所なんかでおんなも抱かないおとこだから、せめてそんなところで勘弁してもらうさ」

「けっ、変な野郎だぜ」

「それより八咫の、十兵衛旦那の凄腕を見たいって言ってたな」

「おっ、如月十兵衛さんかい」

「そうとも」

「拝ませてくれるのかい」

「お前さんがおれの頼みを聞いてくれたから、今度はおれがお前さんの頼みを聞くぜ。ただし、ちと遠いぜ」

「どこだ」

「王子権現手前の滝野川だ」

「おう行くともさ」

「よし、旅支度をしろ。おれの勘では五日泊まりは覚悟だ」

「しかし、こいつをやった野郎をおれの手で捕まえなきゃならねえんだ。そんなに旅をしてられねえ」

「心配するな。大船にのったつもりでついて来ねぇ」

「ちぇ、どこかで聞いたせりふだぜ」

鉄五郎は旅の支度を整えに家にもどり、おっかけて坂本町の田茂三の家に寄ることになった。

田茂三は鉄五郎と別れ、十兵衛のもとに走った。

「旦那、来ましたぜ。やつらが動きだしました。仁平さんと越前屋の娘を襲ってきますぜ」

深川のことを十兵衛に話して田茂三は滝野川に至急たつことを十兵衛に訴えた。

「わかった。木舞掻きの富蔵もつれていこう」

「富蔵ですか」

「そうだよ。目くらましだ。あそこの土蔵も古いだろう、あれの修理で富蔵を送りこむんだ。頬被りしてわしも富蔵の手伝いをしてもいい。なんなら親分も手伝ったらいいな」

「わかりました。いつ」

「明日、夜明け前だ。暁の七つ（午前四時）には発とう」

十兵衛は富蔵につかいをやり、田茂三も鉄五郎を行徳河岸の船宿小張屋にひっぱってきて四人で泊まることにした。

女将のおかつに握り飯の用意を頼み、万端整えて眠りにつくことにした。

十兵衛は刀の手入れをして、孟子を少し書見した。公儀はあまり孟子をすすめない。為政者には不適であるということらしい。

払暁、日本橋川はまだ暁闇にしずんでいた。

四人は日本橋、神田をぬけて筋違御門にむけて、急ぎ歩を進めた。十兵衛と田茂三は三度目の道である。途中、巣鴨の町中の路地をはいった寺の境内をかりて朝飯をとった。

「富蔵、足は大丈夫か」

「まだまだ」

「鉄五郎親分はこっちのほうへは」

「板橋の宿には以前、やくざものを追いかけてきましたが、滝野川に寄るのははじめてです」

「いいところだがな。畑でなんでもとれるし、水もうまいものだ」

「如月の旦那は故郷には帰らないので」

「帰れないのだ。江戸でも仕事があるしな」

「用心棒ですか」

「それもあるが」

「お家の方は」

「一人だ」

「ご不便ですね」

「……」

「八咫の、それくらいにしろ。旦那も困っている」

「しまった。子供みたいにあれこれ聞いちゃいけませんね。どうにもこうにも十兵衛の旦那といっしょにいると思うと、ふわふわっとしちまって、つまらぬことをくちばしってしまう。かんべんしておくんなさい」

「あはは、気にするな」

「富蔵さんは、旦那の凄腕をいちばん見ているんですって」

「そうです。あっしが旦那を江戸いちばんの用心棒にしたってぇわけですからその腕前を知らなきゃ話になりません」

「わかった富蔵。そろそろ出かけよう」

まわりをきちんと片付けてまた往還にもどった。町も道も少しづつ明るくなってきた。

ご隠居の土蔵がみえてきた。あたりには人影もない。

遠い木立のあたりには朝靄が残っていて鳥の声が野面にみちていた。

十兵衛と田茂三は土蔵の周囲をひとまわりして、庭を四隅まで見渡し、家の裏手にもまわってみた。とくに変わったところはなかった。さらに四方はるかかなたまで目をやって異変をさぐったがとくに何もなかった。

家のなかでは人の動きがあり、台所からは煙があがっていた。

「ご隠居どの」

下働きのおとこがでてきて、その肩のむこうからご隠居の顔がのぞいた。

「どうしました。こんな早くから」

「いつもとつぜんでお赦しください。やつらがきます」

「やつらとは」

「伽那さんを襲ったものです」

「ほんとうですか」

「ほんとうです」

田茂三が前にすすみでていった。

「五日以内、いや、今日、明日にでもやってくるはずです」

「わかりました。わしらはどうすれば」

「いつもどおりにしてください。こちらが木舞掻きの富蔵です。土蔵の崩れているところを直します。わたしと田茂三親分は土蔵修理の下働きをします。鉄五郎親分は家の掃除やら薪割りをやってください」

十兵衛の采配で、四人はそれぞれ屋敷にとけこんでいった。

「富蔵、土捏《こ》ねや壁塗りはできるのか」

「見よう見まねですが、このくらいの修理はへのかっぱです。竹を編んだら土を練りこんでいきますから。梯子が必要ですね」

「ご隠居さんから借りてこよう」

田茂三が母屋のほうにいって梯子を運んできた。

折れ釘にひっかけて富蔵がのぼっていった。土壁が崩れているところをみている。

「あれっ」

「どうした」

「誰か中にいますよ」

「声かけてみてくれ」

「みてくれったって、なんて言うんですか」

「あいさつしてみろ」

「えっ、どうもな。おはよう」

おとこは、

「あっ、おはよう」

と言った。

「何してるんですか」

「土蔵の修理さ」

「はあ、ところどころ崩れていますからね」

「どうしてそこにいるんだい。ああ、あんたが仁平さんかい」

「そうですよ。兄さんは?」

「おれは富蔵。十兵衛の旦那と田茂三親分が一緒だ」

「十兵衛さんも来ているんですか」

「ああ」

「どうしたんです」

「仁平さんが喜連川で捕まえた磯三が深川で殺されたんだ」

「えっ、磯三が。しまった、おれがのんびりして良治を捕まえられなかったから磯三は逃げ切れず殺されてしまったんだ。ああ、なんとしたことだ」

「それで田茂三親分がいうことには、その磯三を殺したやつらは必ず仁平さんと越前屋の伽那さんを、殺しにやってくるというんだ」

「さすが田茂三親分だ。やつらはきっとやってきますよ。問題は何人でやってくるかだ」

「こっちはあまり目立つと、やつらが逃げてしまうので少ない人数しかいない」

「なんとかなるでしょう」

「おや、なんか下に誰かきましたよ」

「ああ、朝飯の時間です」

富蔵が梯子からおりてみていると、蔵の入り口の脇に開いた小窓から箱膳がさしいれられた。

家の前では鉄五郎親分が箒で庭を掃いている。

犬小屋から茶色い犬がでてきて、木の椀に入れたご飯を食べていた。

ご隠居の弓右衛門が畑のほうに行く。腰には一抱えほどの籠がゆわえられていた。

ゆるやかに雲が東に流れて、鳥の声は聞こえなくなっていた。

時折、遠くの道を王子権現社に向かっていく何人かの固まりが見える。

「親分、やつらは来るかな」

「きっと来ます。磯三を殺したということは相当執念深いやつらです。ここを先途といっきにきますよ。ここを逃したらやつらも気持ちがばらばらになりますから。それにはりつくにしたって金がかかりますし」

「予想以上に早いかもしれないな」


悌七の仕事場に平六が来て手招きした。ちょうど昼の四つで悌七は外へでた。

「どうした」

「仁平さんを追っかけてたやつはどうやらご公儀の目付けの配下らしいぞ」

「えっ、どうして」

「江戸払いの件も大奥の一部から声があがったらしい。それを水戸の中納言様がおさえたようなのだ」

「なぜ水戸様が」

「だから仁平さんはどうもただ者じゃないということさ」

「おれたちをつけねらっていたのも仁平さん絡みか。平六はどうしてそれを知った」

「前の殿様の用人から聞いたんだ」

「ふ〜ん」

「それとやっぱり仁平さんは滝野川のあの屋敷にいるぞ」

「あの屋敷は越前屋のご隠居が住んでいる」

「それにあの山王祭の娘もだ」

「ということは仁平さんは娘といるのか」

「仁平さんは土蔵の中だけどな」

「しかし、相当おそばに近くにいるということじゃないか」

「また仁平さんにおれたちは大負けするというわけか」

「よし、平六こうしちゃいられない。滝野川にいこうぜ」

「これからか」

「ああ、走ろうぜ」

「よっしゃ。仁平さんの大勝負しっかり見届けようか」

江戸の人間は見栄っ張りというか、むこうみずというか後先考えずにつっ走るところがある。いまの二人がそれである。

悌七は適当な言い訳をならべて、「悌七、無茶するなよ」と言う銀次郎の言葉を背に家を飛び出した。平六はいつも旅姿である。

この日は何ごともなく陽はおちて夕闇が訪れた。

十兵衛と田茂三は仕事着姿のまま、土蔵のまわりや家のまわりを注意して見まわった。足をのばしてすこし先の畑や空き地、道の辻、はるか隣の家のまわり、納屋などもそれとなく見た。

晩飯には娘の伽那もいっしょに膳を囲んだ。緊張しているのか口数が少ない。

晩飯がすむと、十兵衛は交代で不寝番をすることを提案して賛同を得た。

十兵衛と富蔵が組み、田茂三と鉄五郎が組んでそれぞれ一刻半で交代することにした。

五つ半（午後九時）から十兵衛と富蔵が横になることにした。今日は日が昇る前から起きていたので二人はすぐさまいびきをかきだした。

滝野川の夜は真っ暗闇のなかで更けていった。

田茂三と鉄五郎は十兵衛たちと交代して九つに寝について、ぐっすり眠ったのもつかの間八つ半（午前三時）に起こされて眠い目をあけてふたたび不寝番についた。欠伸がでる。昼の疲れが襲ってくる。

田茂三は顔を洗おうと外の井戸にいった。

星が落ちてきそうなほどの夜空だ。さぁーと流れ星が西の空へ滑っていく。

冷たい水で目がさめた。

何かが動いた気配がした。晩御飯のあと、狸の親子を庭で見たのでそれかと田茂三は思ったがそうではなかった。

十兵衛旦那と交代したばかりだから、あれから半刻もたってはいない。

(七つ(午前四時頃)前か。襲ってくるならいい頃合いだな)

田茂三は土蔵のあたりに目をこらした。

(いた!)

二つ、三つ……黒い影。

(こっちは)

板葺き屋根の木戸門のほうを見た。

(!)

五つほども黒い固まりが。薄ぼんやりした提灯を持っている。覆面で顔を覆っていた。

田茂三はそっと家に入った。賊はまだ急な動きをしていない。様子を探っているようだ。

「どうした二腰の」

「来た!」

「何っ!」

「八人だ」

「八人!」

「し、静かにしろ。だ、旦那。十兵衛の旦那」

十兵衛は反射的に起き上がった。

「来ました」

「来たか。よし、富、富蔵。起きろ」

富蔵もぱっと起きた。

「来たぞ」

「へっ」

「田茂三親分、土蔵の鍵は開けてあるかい」

「へい、開けてあります」

「そうか。若者はすぐ飛び出せるな」

「へい」

「よし、富蔵はご隠居と娘を守ってくれ。なるべく庭にでて勝負をつける」

十兵衛は戦い慣れしているのか身拵えがはやい。四肢に気合がみなぎっている。鉄五郎はすっかり見惚《みと》れている。

「よし田茂三親分はすぐ土蔵に走って、若者をだしてくれ。鉄五郎親分、いっしょにやつらを迎えるぞ」

「へい」

十兵衛たちは家の入り口、台所の裏口に身をひそませた。ひたひたと足音が聞こえる。足音がぴたととまった。

「なんの臭いだ」

「油ですね」

「！」

「雨戸を外して入るつもりですか。敷居に油を流しこんでますね。やつらあとで火をつけるつもりですね」

雨戸が外された。

「それっ」

十兵衛たちはいっせいに外へ飛び出した。

「うわっ」

驚いたのは賊のほうだった。あわてて庭に引き返した。しかし、十兵衛たちには戦う構えができていた。

あがりこもうとしていた二人を十兵衛が相手をする。

土蔵にいた三人も母屋のほうにかけつけてきた。

十兵衛、田茂三、鉄五郎の三人は八人の黒覆面のおとこたちに囲まれた。

刀身をきらめかせているものが三人、匕首《あいくち》を握っているものが四人、あとの一人は懐に手をやっているだけである。短筒でもしのばせているのか。腰のすわりは悪い。

土蔵から若者がかけてきた。賊の輪がみだれた。

仁平はひとりのおとこの腰めがけて長い足で蹴りつけた。おとこはひとたまりもなく地面に転がった。それを見た別のおとこが匕首を仁平にたたきつける。仁平は堅い木刀のような棒をもって応戦した。

十兵衛はまだ鯉口もきっていない。摺り足で地面の感触をたしかめながら、刀をきらめかせている二人のおとこと対峙していた。

一人はできるがもう一人はやわすぎた。

そのやわなおとこが上段から斬りかかった。刃風《はかぜ》がうなったかと思った瞬間、おとこは転がっていた。

「ちぇ、何者だ」

「名乗るほどのものではない。存分にまいられよ」

「邪魔するのはよせ。越前屋を懲らしめにきたのだ。金貸しに泣かされたものの恨みを知れ」

「人殺しは許さん」

「よし」

おとこは覆面をかなぐり捨てて十兵衛を強襲してきた。十兵衛は体をひらいてかわし、足をおくって見切った。

おとこは何度も間をつめて斬りかかったが、十兵衛はかわし続けた。まだ刀に手をかけていない。

それどころか田茂三や鉄五郎の奮戦をちらちらと見ている。

「危ない」

鉄五郎が匕首のおとこに腕を切られた。鉄五郎は十兵衛の剣捌《さば》きをみたくて注意を怠っていた。

「鉄五郎、しっかりしろよ」

「へ、へいっ」

田茂三は百戦錬磨だ。どうしてそのへんの侍なんかには負けない。しかし、もう一人抜き身をもったおとこは田茂三の動きをじっとみて気味悪く立っていた。

十兵衛は覆面を捨てたおとこが突きをいれてきたとき、はじめて攻撃にでた。おとこの手をひねりあげて空中で一回転させてたたきつけた。おとこの骨がきしんだ。

「良治ってのは誰だい」

仁平がとつぜん呼びかけた。

覆面のひとりがびくっとした。

「おまえか。磯三をやったのは」

「……」

「待ってくれ。磯三を手にかけた者を捕まえるのはおれの仕事だ。こいつはおれにやらせてくれ」

といって鉄五郎は猛然と良治にとびかかっていった。

獲物をとられた仁平は、ふらっと手ぶらの小太りのおとこに近づいていった。

「おまえだな。良治や磯三を操って越前屋の娘をねらったのは」

小太りのおとこはあとじさった。

さっと抜き身のおとこが割って入った。

「おれが斬る」

「奥山先生、斬ってください。越前屋の連中はことごとく斬って、この世から葬ってください」

奥山はいつから持っていたのか、とっくりから酒を口に含んで刀身にふわぁっと霧にしてふりかけた。

と同時に下から逆袈裟に仁平の小袖を切り裂いた。

仁平はうまく体をかわしたが、それでも十分にかわせないほどの速さだった。

十兵衛は仁平のからだを自分のうしろに追いやって奥山の前にでた。

「ほお、越前屋の用心棒か。おもしろい」

奥山は鼻で笑った。背丈は十兵衛よりわずかに低いが体幹は太い。腰のすわりも鍛えたにおいがする。

十兵衛ははじめて鯉口をきって奥山に対峙した。

奥山はきっちり間合いをとって青眼に構えた。十兵衛は右八双に構えて奥山の動きをみるともなくみていた。

(柳生新陰流……)

十兵衛は珍しく足をすべらせて、八双の構えから間合いをとりながら青眼にかまえた。

(あのまま、じれて打っていったら喉を突き破られていた。半開半向か、動けばどこまでも突いてくる)

十兵衛が間合いをとったので奥山は気合が空転し、あせった。しかし、十兵衛はその後はうまく間合いをはずして、仕掛けることをさけながら、奥山の型をくずしにかかった。いつもより動きに強弱をつけた。奥山は青眼に構えることに辛抱できず、みずから突きを入れてきた。

が、大帽子《おおぼうし》(刀の切っ先)は十兵衛の喉にとどかなかった。

十兵衛の不敗剣は奥山の太刀を両腕ごと斬りとばしていた。暁の薄闇に血潮が宙を舞った。

「ぎゃあ!」

「ダン!」

というふたつの異音が同時に闇にとびかった。

「あっ、仁平さん」

「野郎、そんなものを振り回しやがって」

田茂三は小太りのおとこをなぐりつけて組み敷いた。

家の中から凄まじい声と音を聞いた弓右衛門たちがでてきた。

「仁平さん！」

伽那は銃で撃たれた仁平にかけよった。

「足を撃たれている。すぐに消毒して止血しよう」

「仁平さん」

伽那は髪を振り乱して仁平にとりすがった。

「大丈夫、これくらいのことは」

仁平は気丈に笑って見せた。

小太りのおとこの覆面をはいで田茂三がなぐりつけた。ころがっているおとこたちの覆面をはいで縛り上げた。

「嶋屋さん、嶋屋嘉衛門さんだね」

越前屋弓右衛門は驚きの声をはなった。

「あんたが家の孫娘を殺そうとしたのか。なんということか」

「あんたも殺して、この家も焼き尽くすつもりだったのさ。こっちは一度は死んだ身だ。獄門でも晒しでも閻魔さまさえ怖くないんだ」

嶋屋嘉衛門はそう喚いて顔をくしゃくしゃにして泣いた。

鶏が鳴きだし、朝日が一面を照らしだしてこの世でもまれな情景を無情にもうきあがらせていた。

「ああ、遅かった」

頓狂な声を放って庭に駆け込んできたのは悌七と平六だった。ふたりは王子の宿に泊まって朝早くかけつけたが間に合わなかった。

「仁平さん、どうした。やられたのかい」

「ちょうどよかった。医者をよんできてくれ。それまで手当てをしておくから急いでな」

さらしを巻いた仁平の足をいとしそうに伽那はさすって泣いている。

「鉄五郎親分、田茂三親分、あとは頼みます。富蔵、疲れたな、帰ろう」

この辺りは御府内から遠い、となれば町奉行の取締り外かと十兵衛は思ったがそんなことはどうでもいいと思いなおした。

十兵衛は弓右衛門に軽く頭をさげて畑のなかのくねくねした道を敗者のような足取りで帰っていった。

三

六月の山王祭も終わり、江戸の暑さも峠を越して吹く風にも秋色がしのんでいた。

十兵衛と田茂三と富蔵はゆったりした足取りで、いましがた駒込の追分を過ぎてきたところだった。

「旦那、あれからふた月になりますね」

と富蔵。

「そうだな。いやな事件だった」

「でも仁平さんが那珂川藩三万石の那須家に連なる若君とは驚きましたね」

「改易されなけりゃ、殿様にだってなれたかもしれないいな」

「なんだって改易されたんです」

「お世継ぎがいなかったんだ」

「なぜ養子をもらわなかったんですか」

「その必要がないと思ったんだろう。そういうこともままあるんだ」

「嶋屋嘉衛門は新川で酒問屋をやっていたおとこで、火事にあったりして越前屋から金を借りて、沽券をとりあげられてついには店を閉じ、一家離散したそうです。立ち直れるかもしれなかったのを越前屋の無慈悲にあったと逆恨みしたそうです」

と田茂三。

「越前屋を恨むのは筋違いだな。越前屋はそういう商売なんだからな。いちいち情けをかけてたんじゃあれほどの老舗にはなれまいて、ねえ、親分」

「あはは、いやな言い方ですね、十兵衛の旦那。あっしは情けをかけてばかりで女房ももらえないでいますよ」

「そういったらわしも妻に死なれてからずっと一人さ」

「さいですね。ひとに情けをかけるひまがあったら自分の頭の蠅を追えですか」

「ちょっと違うかな。あっはは」

いつの間にか王子権現社に行く辻まで来ていた。畑や小さな堀がいりくんでずっとつづいていた。

赤とんぼが三人の後をついてくる。

やっと土蔵が見えてきた。

縁先にふたつの姿があった。

十兵衛たちが見えると鴇色の小袖を着たむすめが大きく手をふった。

かたわらでおとこが笑っている。

「やあ、仁平さん。あ、いや那須資成《すけしげ》氏、傷のほうはいかがですか」

「十兵衛さん、冗談はよしてください。傷は皆さまのおかげですっかり良くなりました」

「それは良かった。この度はご仕官おめでとうございます」

「それも十兵衛さまはじめ皆様のおかげです」

「あはは、あくまで謙虚な若様だ」

「いえ、御小姓役で喜連川家に拾っていただきました」

「不忍池の上屋敷ですって」

「はい。普段は暇みたいですよ。殿様がお見えの時は大変とは伺っていますけれど。わたしの江戸払いも喜連川さまの骨折りで構いなしにしていただきました。十兵衛さんは喜連川の若様、ご存知ですか」

「一円流の達人ですな。よく知ってます。わたしもかつて小笠原家中にあったときは喜連川宿に泊まりましたから」

「わたしの仕官も喜連川の若様のご推薦でございました」

「そうでしたか。嬉しい話だ。伽那さんもすっかりきれいな娘さんになった」

十兵衛はしみじみと二人をみた。

「十兵衛の旦那、土蔵の修理があのときのままですね。なんとも気になって仕方ないです」

「こんどじっくりやろう」

道の向こうから一団がやってきた。

「来たぞ」

富蔵が腰をうかして門のほうに目をやった。

悌七が例の仲間をつれてやってきた。

平六、房吉、和弥、常次……虎五郎もいる。

「虎！」

仁平が叫んだ。

「虎、よく生きていたな。江戸を追い出されて大変だったろう」

「なあに仁平さん、心配いらないって。こいつはもう女房子供がいて甲斐の石和宿で宿屋の旦那におさまってます」

と平六が皆に紹介する。

「ほんとうか。虎、やるじゃないか。かみさんは別嬪か」

「仁平さん、そこまで贅沢いっちゃいけねえさ」

と照れて虎次郎は大仰に手を振る。

「あはは、そういうもんかな」

「それにしても仁平さん、さすがだな。こんな別嬪の娘をかみさんにするなんて。おれたちは絶対、仁平さんとは賭けないことにしたから、なあ、常次」

悌七がいうと、一同大きくうなずくばかりだった。

「和弥」

平六が和弥を呼んで、あれ、といった。

和弥が小さな巾着を仁平にわたした。

「?」

「伽那さんが山王祭に二度続けて踊り屋台にあがったので仁平さんの勝ちだ。三両受け取ってくれ」

「そうか。あの時は本気だったがもうすっかり忘れてしまった。みんな、覚えてくれていたんだ。ありがとう。でも、いまはもうこれはいらない。もし良かったら、ねえ、鉄五郎親分、磯三の妹さんにあげてくれないかな。兄さんから預かっていたといってくれてもいいし」

皆よりひと足遅れてやってきた鉄五郎は逡巡していたが、そうしろよ八咫の、という田茂三の声で「じゃ、仁平さんのいうとおりにさせていただきやす」と笑顔を見せた。

月が土蔵の上にあがっていた。

「さあ、みなさん、座敷のほうへ。野山でとれたものばかりだが、うまいこと請け合いだからたくさん食べてくだされ」

弓右衛門は孫娘の伽那と仁平の門出を祝って、一世一代の張り切りようだった。

十兵衛は伽那を見ながら、亡き妻の律のことを思いだしては嘆息していたが、宴の途中から鉄五郎親分が側に張り付いてきて、あの夜の大立ち回りを身振り手振りで繰り返し、十兵衛の剣捌きをほめちぎるのでいつもより早く酔いつぶれて隣の部屋で寝てしまった。

「お風邪をめしませんように」

とそっとつぶやいて、掻巻きをかけてくれた伽那の声を、遠くに聞いて十兵衛はさらに深い眠りにおちていった。

（おわり）

◎参考文献

「江戸天下祭絵巻の魅力」都市と祭礼研究会編（渡辺出版）
「鬼がゆく　江戸の華神田祭」木下直之　福原敏男編（平凡社）
「江戸深川情緒の研究」深川区市編纂会編（有峰書店新社）
「大江戸座談会」監修　竹内誠（柏書房）
「徳川幕府事典」竹内誠編（東京堂出版）
「江戸の罪と罰」平松義郎（平凡社選書）
「時代考証事典」稲垣史生（新人物往来社）
「江戸町奉行所事典」笹間良彦（柏書房）
「江戸　町づくし稿」上・中・下　岸井良衛（青蛙房）
「江戸町奉行事蹟問答」佐久間長敬（東洋書院）
「井原西鶴集④『武道伝来記』」（小学館）
「絵島生島」上・下　舟橋聖一（新潮文庫）
「蔵」高井潔（淡交社）
「江戸藩邸物語　戦場から街角へ」氏家幹人（中央公論社）

◎論創ノベルスの刊行に際して

本シリーズは、弊社の創業五〇周年を記念して公募した「論創ミステリ大賞」を発火点として刊行を開始するものである。

公募したのは広義の長編ミステリであった。実際に応募して下さった数は私たち選考委員会の予想を超え、内容も広範なジャンルに及んだ。数多くの作品群に囲まれながら、力ある書き手はまだまだ多いと改めて実感した。

私たちは物語の力を信じる者である。物語こそ人間の苦悩と歓喜を描き出し、人間の再生を肯定する力があるのではないか。世界的なパンデミックや政情不安に覆われている時代だからこそ、物語を通して人間の尊厳に立ち返る必要があるのではないか。

「論創ノベルス」と命名したのは、狭義のミステリだけではなく、広義の小説世界を受け入れる私たちの覚悟である。人間の物語に耽溺する喜びを再確認し、次なるステージに立つ覚悟である。作品の刊行に際しては野心的であること、面白いこと、感動できることを虚心に追い求めたい。

読者諸兄には新しい時代の新しい才能を共有していただきたいと切望し、刊行の辞に代える次第である。

二〇二二年一一月

扉修一郎（とびら・しゅういちろう）

千葉大学卒。出版社で小説誌編集長、書籍編集部編集長、書籍担当取締役等を歴任。その間、数多くの作家を世に送り出す。現在、カルチャー教室小説講座講師。

如月《きさらぎ》十《じゅう》兵《べ》衛《え》　娘《むすめ》鍼《はり》医《い》の用心棒《ようじんぼう》　〔**論創ノベルス006**〕

2023年9月10日　初版第1刷発行

著者	扉修一郎
発行者	森下紀夫
発行所	論創社 〒101-0051　東京都千代田区神田神保町2-23　北井ビル tel. 03（3264）5254　fax. 03（3264）5232　https://ronso.co.jp 振替口座　00160-1-155266
装釘	宗利淳一
組版	桃青社
印刷・製本	中央精版印刷

ISBN978-4-8460-2321-8